Philippe Horvat

Les Mondes des Esprits
La Trilogie des Esprits /3

AF132047

Philippe Horvat

Les Mondes des Esprits

www.lesesprits.fr

Éditeur : BoD-Books on Demand, 12/14 rond point des Champs Élysées, 75008 Paris, France
Impression : BoD-Books on Demand, Norderstedt, Allemagne

ISBN : 978-2-322-14294-1
© Philippe Horvat

Dépôt légal : juin 2018

à Fanfan

Séoul

Seoul, ASIA
Le jeudi 6 novembre 2071, 12h07 UTC.

Un soleil pâle dans un ciel d'un bleu délavé. Un froid piquant.
Le grand terre-plain, devant la somptueuse Porte de Gwanghwa, qui marque l'entrée du Palais de Gyeongbok, est noir de monde. Des jeunes surtout, un mélange bigarré composé majoritairement d'asiates engoncés dans leurs combinaisons en ThermoTex aux couleurs vives, avec ça et là un africain à la peau très noire ou un nordique à la tignasse blonde. Et aussi toutes les variantes de métissage, avec de temps en temps un noir improbable aux yeux bleus bridés et à la chevelure rousse.
Le niveau sonore est presque insupportable, et c'est à ceux qui crieront le plus fort, instinctivement, dans toutes les langues encore en usage, comme si leur TraDisc étaient incapables de reconnaître, dans l'enchevêtrement des discussions, le bon interlocuteur et de lui susurrer la traduction dans son oreillette, où même, pour les plus nantis, directement à travers l'implant cochléaire inséré dans leur oreille interne.
Mais l'ivresse de la foule est plus forte, et par moment, au-delà du moutonnement des têtes, ils entendent monter, comme un orage, des slogans scandés, ils entrevoient des bras levés qui agitent des fanions colorés.
Il sont venus d'un peu partout sur la planète, certains même du Géostat, de Lagrange 5, de Lagrange 4.

Là, à quelques centaines de mètres seulement plus au nord et à quelques dizaines de mètres sous les arbres vénérables qui environnent Cheongwadae, la Maison Bleue légendaire qui a servi, avant la Guerre Globale, de résidence à la présidence de la Corée du

Sud, les parlementaires de tout le Système Solaire, convoqués par le Conseil des Nations, doivent prendre une décision symbolique et cruciale pour l'avenir de l'humanité.

Le SA2C, le Seoul Asian Conference Center, créé en 2037, et utilisé périodiquement depuis 2059 par le Conseil des Nations pour des séances plénières, n'a pas été tiré au sort comme c'est la coutume. Son architecture entièrement enterrée sous la colline boisée, en plein Séoul, juste au nord du mythique Palais de Gyeongbok, l'a cette fois-ci désigné d'office comme le meilleur endroit, car il est aisé d'en filtrer les entrées, et de bloquer les messages extérieurs qui pourraient influencer les débats. L'endroit idéal, donc, pour une sorte de conclave dont les participants ne pourront s'échapper qu'après avoir pris la décision tant attendue par les uns et tant redoutée par les autres.

Les débats dans le grand amphithéâtre souterrain viennent de commencer, à midi, il y a quelques minutes seulement, mais les manifestants amassés sur le terre-plein devant la Porte de Gwanghwa étaient pour beaucoup d'entre eux déjà arrivés avant le lever du jour, dans le froid humide de novembre. Ils ont passé la barrière filtrante des robots policiers qui ont vérifié l'absence d'armes et pointé les Personal IDs des participants. Ostensiblement. Comme si les nombreuses cameras automatiques ne pouvaient pas instantanément lire leurs visages, les identifier, et les suivre dans la foule… De l'intimidation.

Ils se sont vaguement regroupés par affinités, en deux grandes troupes face à face, et ont déployé de grandes banderoles tendues entre les mats télescopiques qu'ils avaient apportés, serrés sous leurs capes chauffantes de ThermoTex.
Le matin a été relativement calme, et seuls quelques orateurs se sont succédés et ont gesticulé, debout sur des empilements de fortune, les

bras levés au-dessus de la foule. Ils n'ont pas eu à crier pour se faire entendre, car tous, ceux de leur faction comme ceux d'en face, ont pu suivre leur réthorique intense dans leurs écouteurs ou par leurs implants cochléaires. Tous, puisque le Free Information Act[1] impose la libre diffusion de ce type d'information…

Ceux qui écoutent commentent, s'agitent, balancent d'un pied sur l'autre. D'autres, debout, immobiles comme des spectres, n'écoutent pas, absorbés qu'ils sont par les images 3D projetées devant leurs yeux par leurs lunettes holo-actives, ou même, pour certains, directement sur leurs rétines. Seules les bouffées de vapeur qu'ils exhalent dans l'air froid du matin attestent qu'ils sont bien vivants.

Sous terre, non loin, dans le majestueux hémicycle dont l'arrondi harmonieux est fermé par un podium d'acajou, qui parait minuscule dans l'immensité de la salle, les parlementaires qui se sont installés, comme à l'accoutumée, aux places que leur a désigné le traditionnel tirage au sort, pianotent encore sur les petites consoles qui leur sont allouées. Ils se mettent à l'aise, échangent quelques mots avec leurs voisins immédiats, sur un ton affable lorsque ceux-ci sont du même bord qu'eux, sur un ton incisif, obséquieux ou narquois s'il sont leurs adversaires. Les portes se sont refermées depuis quelques minutes, et le brouhaha s'apaise peu à peu.

Bee/A96H70C[Parlementaire] est au septième rang, sur la gauche. Elle s'est confortablement calée dans le siège en cuir noir odorant, dont elle caresse machinalement l'accoudoir, et dont elle reconnait le grain régulier, élastique et ferme, impeccable. Il est obtenu dans la fameuse usine Biopelle de Modène, Italie, NATO, à partir de tissus dermiques de bovins transgéniques cultivés in vitro, soigneusement sélectionnés et travaillés par des robots industriels spécialisés.

Elle parcourt d'un regard vaguement inquiet les alentours, à la recherche d'une silhouette connue, un allié avec qui elle pourrait

---

[1] Free Information Act : voir l'article de Wikicycla, page 127

échanger des clins d'oeil, et dont elle pourrait observer les réactions. Elle sait bien sûr qu'elle peut visualiser sur la petite console qui lui fait face le visage de n'importe lequel des participants, mais ses voisins devineraient ses intentions, et elle préfère un vrai échange, non-verbal certes, mais souvent tellement éloquent, avec un confrère, un allié. Mais elle ne voit pas de visages amis dans les environs immédiats.

La voilà donc seule avec ses pensées. Et avec son anxiété, car la séance sera éprouvante et tendue, elle le sent. Elle est aussi, au fond d'elle-même, un peu triste. Triste de se trouver, le jour même de ses soixante ans, dans un hémicycle du Conseil des Nations, au lieu de fêter cet anniversaire avec ses proches, quelque part au soleil sur une des îles de Polynésie qu'elle affectionne.

Elle tente de se détendre, elle allonge ses jambes fuselées gainées de noir, et ferme un instant les yeux, rassemblant ses idées tandis que la présidente de séance, Ema/56BM24N[chairwoman] gagne le podium.

Ema, qui compte parmi les connaissances de Bee qu'elle respecte et estime, a été la leader du Front Néohumaniste, à l'époque où celui-ci s'investissait dans la lutte contre ce qu'on appelait alors le RIS, le Racisme IntraSpécifique.

Bee ne pouvait, alors, que trouver sympathique ce mouvement qui militait pour la disparition des discriminations basées sur des différences ethniques, culturelles ou sexuelles. Mais elle était bien trop occupée par son travail trépidant d'astronaute pour pouvoir s'investir dans un tel mouvement. Ema a quitté le Front Néohumaniste en 2041, deux ans avant la découverte par le vaisseau Erendiz, dont Bee était Capitaine, de l'astéroïde qui allait révéler les Esprits à l'espèce humaine.

La situation n'a commencé à se dégrader que dix ans plus tard, lorsque les Humains ont pris conscience des capacités cognitives très avancées des Esprits.

Le Front Néohumaniste, qui avait milité pour l'égalité de tous au sein de l'espèce humaine, lui a alors trouvé un adversaire potentiel qui risquait de la supplanter.

Bee se remémore, fugitivement, cette période funeste, lorsque les Esprits ont été conspués et qu'ils sont partis vers Titan.

Aujourd'hui, c'est la branche la plus extrémiste du Front Néohumaniste[2] qui va plus loin encore, et réclame la destruction des CyberCerveaux 4G, de peur, là encore, de les voir devenir des concurrents de l'Humanité.

Bee/A96H70C[Parlementaire] pressent que les débats vont être vifs. Elle repère maintenant, en contrebas, au second rang, deux de ses amis du Mouvement Antispéciste, que le tirage au sort a fortuitement placés côte à côte. Quelle chance ils ont !

Tandis que la lumière diffusée par les grands panneaux accrochés au-dessus d'eux baisse jusqu'à rendre difficile la lecture des visages proches, et que Ema/56BM24N se rapproche du pupitre central pour demander le silence, Bee a une dernière pensée fugace pour sa fille de 23 ans, Susylou, qui est probablement là-haut, sur la place devant la Porte de Gwanghwa, à crier des slogans antispécistes avec ses amis venus de partout. Pourvu qu'il n'y ait pas d'affrontements.

Bee admire, mais aussi redoute l'engagement, l'intensité, la véhémence de sa fille.

Elle voudrait tant qu'elle soit prudente.

Les Néos se sont massés à l'Est du terre-plain, bousculant ceux des Antis qui se trouvaient sur leur chemin. Ces derniers se sont regroupés de l'autre côté, emportant avec eux leurs banderoles et leurs porte-voix.

---

[2] Le Néohumanisme : voir l'article de Wikicycla, page 189

Susylou est parmi eux, au premier rang. Elle est, comme ses compagnons, grimée de bleu, un symbole sur chaque joue : 4 , G. Elle porte au bras gauche le brassard bleu fluorescent des Antispécistes.

Face à eux les Néohumanistes grimés de rouge vocifèrent. Ils sont nombreux, très nombreux, mais Susylou se sent incapable d'avancer un chiffre. Elle sait simplement qu'elle est impressionnée, excitée, et qu'elle a un peu peur.

Un cordon de robots anti-émeutes a encerclé la place, interdisant aux manifestants l'accès aux portes d'entrée du SA2C, filtrant les quelques officiels pressés qui se faufilent peureusement vers les portillons.

Dans le vacarme provoqué par les porte-voix, Bee actionne, comme elle le ferait en décidant de contracter un de ses muscles, l'électrode fichée à l'arrière du lobe frontal de son cerveau, dans l'aire motrice. Instantanément ses implants cochléaires, dans ses oreilles internes, coupent presque totalement le vacarme et y substituent les messages émis à son intention par les minuscules prothèses installées dans le larynx de ses correspondants, et stockés dans son Traducteur-Discriminateur, petit implant discret sous la peau de son cou.

Le TraDisc lui délivre un premier message de Jose/ 8TV4PUI[Etudiant], le blond svelte qu'elle aime tant regarder. Celui qui a des yeux verts. Il se trouve plus au nord, tout près de l'impressionnant barrage de robots en fibres de carbone.

Un second message, de sa mère, envoyé juste avant que les portes de l'hémicycle se ferment, quelques minutes plus tôt. Elle l'aime. Elle pense à elle. Qu'elle prenne soin d'elle.

Seoul, ASIA
Le jeudi 6 novembre 2071, 19h28 UTC.

Les portes se sont ouvertes, crachant les parlementaires fatigués, certains à la mine défaite, d'autre satisfaite. Personne ne les attend, si ce n'est une file d'autoporteurs, en deçà du cordon de robots anti-émeutes qui maintiennent à distance quelques manifestants retardataires. Personne ne les attend car tout le monde sait déjà, informé en vertu du Free Information Act, que le parti des Antispécistes a, contre toute attente, eu gain de cause.
Le système de vote électronique leur a donné une courte majorité.
Malgré les sondages alarmistes.

Le grand terre-plain, devant la Porte de Gwanghwa, qui donne accès, au nord, au Palais de Gyeongbok, est jonché de débris. Des banderoles abandonnées, deux exosquelettes vides entrelacés et désarticulés, des reliefs de nourriture.
Des porte-voix délaissés.
Un manifestant assis par terre, hagard, les yeux vitreux, qui se balance doucement comme un autiste. Sa combinaison vert sombre en ThermoTex matelassé est déchirée, laissant entrevoir une longue estafilade sanglante sur la cuisse.

Les derniers manifestants quittent la place et se dispersent dans les rues avoisinantes, en échangeant parfois quelques invectives.
Les derniers parlementaires quittent lentement l'hémicycle. Certains prennent place dans les autoporteurs qui les mènent par les couloirs souterrains jusqu'à la station d'Anguk, le terminus de la ligne UGV du VacTrain#5 qui connecte Séoul au reste du monde. D'autres, moins nombreux, remontent vers les portes qui s'ouvrent en surface, non loin de Cheongwadae, la Maison Bleue. La nuit est déjà noire, et on peut percevoir la Voie Lactée et des myriades d'étoiles, qui ne sont plus, dans les villes, éclipsées par la débauche de lumière envoyée

vers le ciel il y a encore un demi-siècle, et qui privait alors les citadins du spectacle nocturne du cosmos.

Les parlementaires noctambules s'égayent dans les allées, dans l'air froid piquant. Ils sont encore secoués par ce qui vient de se passer, ils ont besoin de réfléchir. Parmi eux, un petit groupe du FN, le Front Néohumaniste. Ils parlent peu, ils marchent la tête basse.

La décision est irrévocable, maintenant. L'humanité a inventé des cerveaux synthétiques qui pensent, sentent, aiment, détestent, calculent et intriguent. Des cerveaux brillants qui savent changer leur corps de métal et de carbone lorsqu'il est trop vieux, trop usé, trop malade. Qui pourraient peut-être survivre à tous les humains.

Les néohumanistes ont perdu la bataille, le Conseil des Nations vient de confier à un CyberCerveau 4G[3], en exclusivité et en totalité, une mission cruciale qui pourrait ouvrir de nouveaux horizons à une humanité à l'étroit sur sa planète.

_____

[3] Les CyberCerveaux 4G : voir l'article de Wikicycla, page 143

Vue sur Saturne

CᒣᐩᒍOꓕLYᒋꓕ OGⱢꙷ GⱢEG
Oꙷᒍꓕ ⋀O÷ꓕꙷ ᴋLᒣꙨⵔ

…au même moment exactement, le 6 novembre 2071,
soit le 221ème Cycle du Monde des Esprits
Station OGⱢꙷ, à 50000 km de Titan

La vue est spectaculaire, somptueuse. La grande coupole transparente permet de voir plus de la moitié de la sphère céleste, l'immensité noire d'encre parsemée de myriades d'étoiles qui ne clignent pas.

D'un côté il y a Titan, dont on voit toujours la même face, celle qui regarde éternellement Saturne. Son disque parfois orangé, selon la position du satellite dans sa rotation autour de la planète, est maintenant dans l'ombre, car le Soleil est derrière lui, point brillant lointain, tellement moins lumineux que vu de la Terre. On ne distingue rien sur Titan, à travers l'épaisse atmosphère qui, lorsqu'on se trouve sur sa surface, empêche de voir les étoiles. Son diamètre apparent semblerait énorme pour des terriens, presque douze fois celui de la Lune vue de la Terre. Mais eux, ici, se sont habitués, depuis la conquête, il y a déjà plus de deux cent Cycles.

De l'autre côté, exactement, est suspendu le globe opalescent de Saturne. Il luit doucement avec des reflets nacrés sous les rayons d'un Soleil distant et minuscule. Des reflets pareils à ceux des grands coquillages festonnés que les très lointains ancêtres du Peuple récoltaient, il y a plus de 250 millions d'années, sur les plages de l'Océan-Autour.
Une ligne claire, nette et étroite, barre la grande planète, et se prolonge de part et d'autre. Les grands anneaux de Saturne, qui

depuis OGⱢᴗ sont vus par la tranche. Et autour, dispersés, les points brillants qui marquent la position des autres gros satellites naturels de la géante, Thétis, Dioné, Encelade, Rhéa, et plus loin, Japet.

La station OGⱢᴗ est positionnée depuis 19 Cycles an point de Lagrange L1 du système Titan/Saturne, à 50000 km seulement du centre de Titan, sur la ligne imaginaire qui le joint à la grande planète. Moyennant quelques corrections de position de temps en temps, la station pourra demeurer là, et accompagner Titan dans sa rotation autour de Saturne, en restant toujours exactement entre les deux grands corps.

En parcourant un tour complet en un Cycle exactement. C'est bien comme cela que les Esprits ont défini le Cycle, l'unité de temps qu'ils utilisent depuis qu'ils ont colonisé Titan. Près de 16 fois le jour terrestre, soit une révolution autour de Saturne.

Mais les Esprits réunis sous la coupole de la station OGⱢᴗ sont bien trop absorbés dans leurs échanges pour contempler le somptueux panorama. Ils sont venus sur OGⱢᴗ pour s'isoler de l'agitation de la surface, de la vie trépidante des grands dômes, pour s'extraire des soucis immédiats. Ils sont venus ici par les navettes ꝊJJOL𝑀Ⴑ pour se rencontrer et pour débattre, pour décider de la marche à suivre dans cette période trouble et chaotique dans laquelle le Peuple a sombré depuis quelques Cycles.

Ils ne sont que six, parmi les soixante-quatre anciens, les soixante-quatre pionniers qui, il y a seulement 221 Cycles, soit environ neuf années terrestres, ont débarqué sur Titan, après un périple difficile durant lequel, déjà, des dissensions sont apparues entre Ceux du Peuple.

Mais que d'événements durant ces 221 Cycles ! La construction des dômes, les tentatives de mise en place d'écosystèmes auto-entretenus, la création des Machines-qui-Pensent, l'exploration d'autres satellites de Saturne. Le temps a filé si vite et il s'est passé tant de choses!

16

Nombreux sont ceux parmi les nouveaux Esprits éclos ici, dans les couveuses automatiques, qui sont déjà adultes et qui entendent bien, forts de leur seule expérience dans ce nouveau monde, prendre en main leur destinée.

Mais ceux parmi les Anciens, qui sont rassemblés ici, ont une longue histoire déjà. Ils ont connu la cohabitation, là-bas sur la petite planète Terre et sur ses stations orbitales, avec les Humains qui les ont recréés. La bienveillance de certains, leur admiration même, et le rejet de leur différence par de nombreux autres. Ce sont eux, les Anciens, les Esprits Fondateurs, qui ont saisi alors l'opportunité de partir vers ce qu'ils espéraient pouvoir être un monde meilleur. Sur Titan. Le Monde des Esprits.

Il y a ici le vieux Gôô, déjà âgé de 617 Cycles, soit 27 années terrestres. Il a été le tout premier des Esprits que les Humains ont recréé, à partir des données décrivant un génome vieux de 252 millions d'années trouvé par des voyageurs sur un astéroïde étrange, croisé lors d'un voyage vers un satellite de Jupiter. Gôô n'a cessé de grandir depuis, et bien que sa croissance ait fini par se ralentir, il dépasse maintenant de deux têtes les jeunes adultes de son espèce.

Avec lui il y a Maha, sa compagne, et Tyu, la femelle qu'il admire et qui est si brillante dans tout ce qui touche aux mathématiques. Il y a aussi son ami Krah, le seul mâle à lui tenir tête. Il y a aussi la ronde Humil, et Nûût, toujours aussi discret.

Ils sont rassemblés dans une espèce de salon confortable, sous la grande coupole, séparés de l'immensité par la coque transparente ultra-résistante qui les protège du vide interplanétaire, et par l'intense champ magnétique du générateur à fusion de la station, qui dévie les rayons cosmiques qui la bombardent.

Ils ne sont pas retenus dans leurs confortables sièges par des ceintures qui les empêcheraient de dériver dans la totale apesanteur, mais par des bras articulés automatiques, munis de doigts matelassés, qui les repoussent doucement lorsqu'un mouvement brusque ou une pression instinctive les écartent de leur fauteuil. Autour d'eux de petites consoles munies de commandes et d'écrans fluorescents flottent elles aussi dans l'air, s'approchent lorsque l'un des Esprits a besoin d'y lire des données ou d'y écrire des messages, reculent lorsqu'elles sont inutilisées, comme poussées par des mains invisibles qui ne sont autres que les petites tuyères discrètes et l'astucieux système inertiel qui les maintiennent en vol entre les meubles du salon.

Mais la plupart du temps, les commandes sont vocales.

Les plus anciens parmi les Esprits, ceux qui ont éclos avant le départ pour Titan, maîtrisent parfaitement plusieurs langues des Humains, qu'ils ont apprises dès leur plus jeune âge. Mais depuis la colonisation de Titan et d'autres lunes de Saturne, ils sont tous, par refus, par besoin de rupture, retournés à la langue ancienne de leurs ancêtres du Permien, du moins à ce qu'ils ont pu en extraire de l'Encyclopédie de l'Astéroïde, comme l'ont appelée les Humains, cet ensemble de documents, de textes et d'images trouvés dans le fameux astéroïde 2043KP33. Ils ont fait de ces données lacunaires une langue neuve, faite de mots anciens, d'emprunts aux langues des Humains, de néologismes forgés en fonction des besoins.

Les échanges sont vifs, rapides, tranchants parfois. Les Esprits s'interpellent de leurs voix nasillardes, rebondissent, parlent parfois plusieurs en même temps, sans que ce ne soit en rien ni discourtois, ni gênant, car ils sont capables de suivre et d'analyser plusieurs discours en même temps.

Comme à leur accoutumée, lorsque la température et l'hygrométrie de l'atmosphère le permettent, ils sont nus, ce qui améliore grandement la fluidité de leurs échanges : les rapides fluctuations involontaires de la couleur de leur peau, qui trahissent leurs sentiments, leur humeur, leur état de fatigue ou de tonus, facilitent la compréhension de messages où données objectives et sentiments se mêlent. Les clignements de leurs paupières et de leurs membranes nictitantes, leurs hochements de tête et les battements latéraux de leurs queues complètent leur discours non verbal. Tout cela contribue à une communication riche, dont toute hypocrisie, tout calcul ou tricherie seraient trahis par la discordance entre les mots prononcés et les signes involontaires et spontanés, qui agissent comme d'efficaces détecteurs de mensonges.

Gôô a réuni ses plus proches amis, tous des vétérans de la première heure, pour débattre avec eux des événements graves qui se sont produits durant les deux derniers Cycles, et qui mettent en péril, pense-t-il, l'équilibre de la nouvelle société qu'ils ont fondée ensemble sur Titan et quelques autres satellites de Saturne.
En fait, comme l'a expliqué Gôô, plusieurs problèmes le préoccupent, et il souhaite en débattre avec eux.
Le plus récent, le plus brûlant est survenu, comme ils le savent tous, il y a un huitième de Cycle seulement, sur la surface même de Titan, dans la grande Base n°1.

≡= ⌄∧∈⋟⋔⅄, la Machine-qui-Pense n°23, y a massacré 12 Esprits puis a détruit toutes ses copies matérielles, ce qui équivaut à un suicide, bien sûr. Parmi les victimes figurent Shôôm, la grande femelle gracile avec laquelle Gôô et Maha aimaient tant jouer, ainsi que Fûh, la femelle timide qui clignait constamment des yeux en parlant.
≡= ⌄∧∈⋟⋔⅄, la Machine-qui-Pense n°23 avait, sans en avertir ses créateurs, dupliqué sa personnalité, telle quelle, à l'identique, dans plusieurs unités matérielles. Très vite, dans l'espace d'un Cycle seulement, elle a montré des comportements anormaux, où apparaissaient tous les signes de la plus profonde schizophrénie, doublée d'une paranoïa profonde. Les Esprits ont immédiatement compris que cela provenait de la présence d'une conscience unique dans plusieurs corps à la fois, qui ne pouvaient évidemment

communiquer qu'imparfaitement, et se voyaient à la fois une et multiple.

≡⁼ ⌴ΛЄϽΗУ a fini par s'agresser elle-même et par détruire plusieurs de ses clones matériels. Avant que les Esprits n'aient pu l'arrêter en interrompant son alimentation en énergie, elle a eu le temps de commettre une tuerie avant de se donner la mort.

Les Esprits ont immédiatement euthanasié les trois autres Machines-qui-Pensent de sa catégorie.

Gôô et ses amis, tous des Anciens, des pionniers nés parmi les humains, sont indignés : ils avaient depuis longtemps émis des réserves, lorsque d'imprudents Esprits de la jeune génération ont décidé de perfectionner et de complexifier les copies qui avaient été faites du CyberCerveau Turing, qui avait accompagné les Esprits dans Clarke, le Vaisseau Fondateur. Turing/W815ZEFT[CyBrain], était, selon la nomenclature des Humains, un CyberCerveau de 3ème Génération : il était déjà doué de conscience, mais était incapable de se recopier dans un autre matériel. Il devait donc mourir avec sa base matérielle, son hardware, lorsqu'elle cesserait de fonctionner, comme la conscience des Esprits meurt avec leur corps.

Mais ces jeunes fous ont poussé plus loin, et ≡⁼ ⌴ΛЄϽΗУ, la Machine-qui-Pense n°23, le produit de leur funeste travail, est devenue capable de se recopier elle-même dans plusieurs "corps". Et leurs amies Fûh et Shôôm sont mortes.

Les Anciens, martèle Gôô dans un soudain silence, doivent reprendre le contrôle et garantir que ce qu'ils ont créé ici, sur Titan, le Monde des Esprits, pourra rester paisible et prospère.

Son indignation est telle, et les contractions de son épaisse queue si vigoureuses que les petites mains automatiques qui sont censées l'empêcher de dériver hors de son siège ont bien du mal à l'y maintenir. La peau de son cou rougeoie de sa colère contenue et ses membranes nictitantes battent convulsivement. Ses compagnons n'ont jamais vu Gôô aussi courroucé.

Les autres membres du petit groupe réuni sous la coupole de la Station OGⱠʊ̀ échangent des regards, et sans être obligés de vocaliser, partagent la même profonde émotion. Il y a les peaux rouges de la colère, les vertes de la détermination et les violacées de la tristesse. Les hochements latéraux de tête, les mains ouvertes ou crispées.

Ils savent que la crise est profonde, et que parmi la jeune génération, ceux regroupés autour de Ptahi, et qui se sont autoproclamés kk⅃OƆ, les Conquérants, sont partisans d'un progrès technique agressif qui libérerait les Esprits de la matière organique et leur permettrait, à terme, d'exister dans des machines, et de ne plus dépendre du biotope fait de plantes, de bactéries et d'animaux importés de la lointaine Terre. Ce sont eux qui ont oeuvré pour expérimenter des Machines-qui-Pensent de plus en plus puissantes, au mépris des plus élémentaires règles de sécurité.

Ne plus dépendre d'un biotope ! Quelle utopie !   Et quelle arrogance ! Comme si ce n'était pas déjà très difficile d'en recréer un, fait de microorganismes vivants, de plantes, d'animaux, constitués d'eau, de polymères carbonés de protéines, comme nous les Esprits, comme les Humains là-bas sur Terre ?

Er Gôô s'agite à nouveau, car cela le mène au second grave problème qu'il veut discuter avec Krah, Maha, Tyu, Humil et Nûût réunis autour de lui.

Le biotope… Du moins ce qu'il en reste !

Les Esprits ont prémédité leur fuite, lorsqu'ils ont décidé de fuir le monde des Humains, en détournant le vaisseau Clarke de sa destination initiale. Ils ont obtenu des humains, sous prétexte d'établir sur Europe un biotope autosuffisant qui assurerait leur alimentation, d'embarquer sur Clarke un lot standard, minimum, de plantes et d'animaux. Ils ont pu y ajouter quelques espèces appartenant à l'image qu'ils se faisaient de leur lointain passé : des fougères, des prêles, des ginkgos, quelques insectes. Ce biotope

minimal devait a priori pouvoir être, au gré des besoins, modifié, complété par des apports provenant de la Terre.
Mais les Esprits sont partis pour ne plus revenir, et ils ont du se contenter de ce qu'ils avaient emporté avec eux sur Clarke.
L'équilibre s'est montré précaire très tôt : la très faible diversité biologique, l'absence de parasites, de prédateurs spécifiques, de microorganismes adaptés, a provoqué des dérèglements immédiats : Infestations, disparitions, maladies, mutations incontrôlées … Les Esprits, après avoir tout d'abord futilement joué avec les espèces importées, créé des insectes géants, difformes ou colorés, se sont efforcés, débordés par les problèmes, d'utiliser toute la puissance de leurs ingénierie génétique pour remodeler un écosystème viable, qui, malgré le faible nombre d'espèces en interaction, saura perdurer sous les grands dômes des bases de Titan.
Mais les problèmes sont allés croissant, et aujourd'hui, plus de 200 Cycles après la colonisation de Titan et les premiers biotopes artificiels nourriciers, plusieurs espèces alimentaires sont devenues incapables de se reproduire spontanément, et les Esprits font de plus en plus appel à une alimentation totalement synthétique.

Mais voyons, ce n'est pas grave, prétendent ⴽⴽⵜⵔⵛ, les Conquérants, nous allons devenir des machines ! Gôô fulmine, rougeoie, et Maha pose les quatre doigts souples de sa main sur son bras pour l'apaiser. On voit bien où ça les mène, cette course vers les machines !

Silencieusement, dans le vide au-delà de la coupole de la Station ⵔⴳⵊⵓ, une navette ⵙⴷⴷⵔⵍⵎⵉ passe, comme une ombre fantomatique, mais les six Esprits ne la voient pas. Ils sont bien trop absorbés par les difficultés qu'ils veulent, absolument, pouvoir maîtriser.
Ils comprennent bien tous les six, sans avoir besoin de le dire, le problème fondamental, sous-jacent : lorsqu'ils ont préparé, en grand

secret, leur départ pour Titan, en profitant de l'expédition minière vers l'astéroïde Shiva, ils n'ont pas pu s'assurer de complicités en-dehors de la communauté des 64 Esprits vivant alors. En effet, en vertu du Free Information Act, la communauté des Esprits avait atteint l'effectif maximal permettant l'échange d'informations à l'intérieur du groupe, sans que celles-ci ne doivent être,,automatiquement, de plein droit, divulguées librement au monde entier.

Les Esprits ont ainsi dû intriguer pour pouvoir tous embarquer dans le vaisseau minéralier Clarke, et emporter, sous prétexte d'une installation de leur communauté sur le satellite Europe à l'issue de la mission, un CyberCerveau de Troisième Génération, Turing/ W815ZEFT[CyBrain], des végétaux, des animaux et des microorganismes pour y créer un écosystème nourricier, et des machines.

S'ils avaient poursuivi leur mission jusqu'à Europe, dans la banlieue de Jupiter, au lieu de pirater le vaisseau et de le détourner vers Titan, ils auraient pu continuer à bénéficier de la logistique des humains, et assurer la distribution, conformément aux derniers amendements de la Résolution #37856 du Conseil des Nations du 12 mars 2058, des métaux précieux et des Terres Rares prélevés sur Shiva. Les écosystèmes recréés sous les grands dômes des bases installées sur Europe auraient pu être réajustés et enrichis, par apport d'espèces complémentaires provenant des très riches écosystèmes naturels terrestres : des alternatives aux espèces en place, des symbiotes, des souches de microorganismes, des parasites et des prédateurs des espèces dont la population s'avèrerait instable.

Mais ils ont débarqué sur Titan, armés d'un bel optimisme et de la satisfaction d'avoir pu se soustraire aux tumultes sociaux et politiques des humains et à leurs préjugés spécistes.

Seuls les plus anciens parmi les Esprits, et parmi eux ceux présents ici sous la coupole de la Station ⵔⵖⵍⵓ, restaient dans une incertitude et un doute troubles et sournois.
Ils ont éclos, eux, dans les incubateurs de la grande station orbitale Lagrange 5, et ont noué des liens forts avec des humains. Ils éprouvent maintenant une insatisfaction et un sentiment de culpabilité d'avoir ainsi, unilatéralement, rompu les contacts avec ceux qui les ont ressuscités après 252 millions d'années d'oubli.
Les premières dizaines de Cycles passées sur ce qu'ils ont très vite appelé "Le Monde des Esprits" se sont toutefois, pour la majorité d'entre eux, écoulées dans l'euphorie d'une liberté fraîchement conquise et dans le fébrile travail de construction des bases et des villes de leur nouvelle planète.
Mais les premiers problèmes sont survenus lorsque les écosystèmes recréés sous les dômes sont devenus instables, faute d'une biodiversité suffisante. Des espèces sont mortes, d'autres ont muté. Les Esprits ont manipulé des génomes, synthétisé de nouveaux organismes, mais chaque fois qu'un problème était résolu, un autre survenait.
Les plus radicaux et les plus progressistes ont imaginé de synthétiser directement les aliments, sans l'aide d'aucun organisme vivant. De fabriquer à partir des éléments de base, Carbone, Azote, Oxygène, Hydrogène, Phosphore, etc... trouvés en abondance dans l'atmosphère et le sol de Titan, tous les nutriments nécessaires à leur survie. Et puis, après tout, de se passer du système digestif, coûteux du point de vue énergétique, et de s'injecter ces aliments synthétiques directement dans le sang. Ce sera alors, disaient-ils, beaucoup plus facile de coloniser d'autres satellites, autour de Saturne, d'Uranus, de Neptune.
Ce mouvement, ⴽⴽⵜⵔⵙ, les Conquérants, qui trouve ses sympathisants dans les plus jeunes Esprits, ceux éclos sur Titan, a pris de l'ampleur. Ce sont eux, par ailleurs, qui ont activement

travaillé à complexifier les Machines-qui-Pensent, bien au-delà des aptitudes du CyberCerveau Turing apporté dans Clarke.

Gôô, Humil, Krah et les autres Anciens réunis sous la coupole discutent toujours, aveugles à la splendeur du ciel et au ballet de deux navettes ⊙ᴊᴊOLⵏⵉ qui se croisent lentement, dans un total silence, et masquent le disque nacré de Saturne.

Krah prend subitement conscience du panorama, et s'empresse d'actionner la fermeture du bouclier anti-radiations qui vient, lentement, masquer la coupole transparente et le spectacle au-delà. Ils sont bien loin du Soleil, mais il faut toutefois éviter une exposition trop prolongée aux rayonnements ionisants qui bombardent en permanence la station OGⵏ et ses occupants.

Gôô, lui, ne remarque même pas le changement, ni n'entend le bruit feutré des moteurs qui actionnent le grand volet opaque. Il ne décolère pas, et la peau de son dos reste violacée tandis qu'il agite ses bras courts, les quatre doigts de ses mains convulsivement crispées.

Il tient les Conquérants pour responsables de la catastrophe de ≡= Lⴀⴄⵅⵏⵉ, la Machine-qui-Pense n°23. Ne comprennent-ils pas, ces jeunes écervelés, qu'on ne peut pas rivaliser avec l'extrême complexité de la Nature, prévoir de manière certaine son évolution, et empêcher que n'en émerge des êtres autonomes, dont les règles de fonctionnement n'obéissent plus à leurs créateurs ? Ils ont, sans précautions aucunes, bâti des Machines-qui-Pensent d'une complexité inouïe, sans y intégrer des "fusibles", des sécurités … et voilà le résultat ! Leur créature est devenue un être conscient qui a voulu s'assurer l'immortalité en se copiant dans plusieurs hardware. Et la créature est devenue folle. Et meurtrière.

C'est Nûût qui prend la parole, maintenant. Cette fois, les autres font silence, et les échanges se limitent à des changements de posture, des ondulations de peau, des colorations fugitives des épaules et du cou de ses compagnons. Nûût explique que ⱪⱪ+O℃, les Conquérants, gagnent des adeptes et envisagent d'évincer les plus anciens, qu'ils trouvent trop conservateurs, et qu'ils appellent Ɏᴗᴗⵏⅎ, les Terriens. Eux, ici réunis, et leurs semblables installés sur Titan, Japet et Dioné. Les Conquérants, dit Nûût, projettent de prendre le contrôle des plus grandes bases de Titan, et de reléguer ceux qu'il surnomment les Terriens dans les petites bases les plus reculées.

Certains alarmistes parmi les Terriens imaginent même que les Conquérants voudront détruire le Sanctuaire.

Chaos et Hasard ! blasphème Gôô. Le Sanctuaire ?

Le Sanctuaire, le lieu devenu sacré, à la périphérie de la Base 17, où sont conservés, depuis la fondation de la colonie, en hibernation profonde dans des sarcophages cryogéniques, les trois humains dont le Conseil des Nations, sur Terre, a imposé la présence sur le vaisseau Clarke qui les a amenés ici.

Les trois humains les plus chers au coeur des Anciens, ces Humains qui les ont vu éclore, là-bas, dans le laboratoire immaculé de la station Lagrange 5. Ces trois Humains, qui sont morphologiquement si différents d'eux, les Esprits, mais avec qui se sont développés, dès l'éclosion, des liens profonds, instinctifs et affectueux.

Oseraient-ils détruire le sanctuaire, si chers aux Ɏᴗᴗⵏⅎ, aux Terriens !

Oseraient-ils tuer M'Ganga, Foy et Youn !

Les opilions

Pokhara, Nepal, ASIA
Le vendredi 24 juin 2072, 19:37 UTC

Le Domaine Agricole Biocontrôlé #23 s'étend largement dans la vallée, depuis les abords de la ville de Pokhara, dont les faubourgs désertés s'effilochent dans la campagne, et remonte, vers le nord, dans un luxuriant moutonnement vert, sur les pentes creusées par endroit de ravines et de torrents.

Comme de nombreuses villes de taille moyenne, Pokhara, seconde agglomération de ce qui avait été le Népal au début du siècle, a été presque totalement dépeuplée lors des chaotiques séquelles de la Guerre Globale de 2029. Les infrastructures à l'abandon se sont désagrégées en l'espace de quelques années seulement, et la nature sauvage a reconquis de larges espaces urbains qui s'étalaient dans la vallée blottie aux pieds de l'immense et majestueux massif de l'Himalaya.

Depuis, dans ce qui avait jadis été le centre d'une ville grouillante et bigarrée, s'est reconstruit un des plus importants complexes technologiques de la planète, le DAB #23, spécialisé dans la recherche agronomique, les biotechnologies, l'ingénierie horticole.

Le climat subtropical tempéré par l'altitude, la présence, au sud-ouest du centre, du lac Phewa, réserve d'eau douce de quatre kilomètres carrés, ainsi que la variété des sols ont fait de cette vallée un lieu tout à fait approprié, car la réussite d'un projet de réhabilitation agricole y serait particulièrement probante. En effet, le Népal était, au début du siècle, le deuxième pays le plus pollué de la planète après le Bangladesh. Mais ses conditions climatiques et géologiques sont favorables, et la mise en place réussie, ici, d'un modèle nouveau d'agriculture sera bien évidemment transposable dans de nombreuses régions du monde.

Le Domaine Agricole Biocontrôlé #23 de Pokhara est ainsi un site de choix pour la recherche et l'étude de solutions nouvelles permettant de nourrir l'humanité sans dévaster les biotopes.

Lorsque de nombreuses communautés humaines meurtries par la guerre avaient dû progressivement se relever pour survivre, elles ont trouvé exsangues les vastes bassins agricoles que la gestion désastreuse des terres arables et des forêts qui avait prévalue jusqu'à la fin des années 2020 avait laissés. Les plaines d'Amérique du Nord, entre les Appalaches et les Montagnes Rocheuses, les vastes bassins céréaliers d'Ukraine et de Chine n'étaient plus que des déserts stérilisés par les intrants chimiques, les engrais massivement épandus, les pesticides.

Les sols, jadis vivants, riches d'un humus noir et odorant, grouillants d'une infinie diversité de microorganismes, de petits animaux et de plantes, s'étaient dégradés, au fil des années de monoculture, pour n'être plus qu'un substrat minéral mort.

L'interruption, après la flambée de la guerre, de la fabrication de grandes machines agricoles, de la production des produits chimiques et de l'approvisionnement en énergie, a provoqué l'arrêt complet de toutes les productions agricoles à grande échelle. De vastes étendues de champs laissées à l'abandon ont, très lentement, en plusieurs décennies, été reconquises par ce qu'on appelait jadis les "mauvaises herbes", puis timidement, par des arbres dont les semences avaient été apportées par le vent ou les animaux qui s'aventuraient sur ces terres désolées.

Le dramatique effondrement démographique ainsi que le traumatisme collectif de la guerre ont provoqué, toutefois, dès la fin des années 2030, une prise de conscience et une réaction salutaire.

La population humaine, réduite à moins d'un milliard d'individu, a pu, tout en laissant à l'abandon les terres trop épuisées par l'agriculture industrielle, trouver des solutions techniques permettant d'alimenter sainement une population plus soucieuse, après le désastre du conflit, de sa qualité de vie.

Tandis que la nature reprenait progressivement ses droits sur les grands bassins agricoles à l'abandon, métabolisant, lessivant et filtrant lentement les poisons épandus par les humains, ces derniers, dans des zones plus préservées, réputées moins fertiles, mais dans lesquelles les sols étaient souvent intacts ou presque, inventaient de nouvelles manières de se nourrir.

Avant-guerre, seule une minorité d'humains dont l'habitat - pour les ruraux - ou le pouvoir d'achat - pour les citadins - leur permettait de choisir avait accès à des aliments biologiquement sains.

Dès les premiers temps de la reconstruction, cependant, le dramatique effondrement de la démographie provoqué par le cataclysme a permis d'envisager, avec bien moins de bouches à nourrir, une gestion plus raisonnée des ressources naturelles.

Le 3 avril 2035, sous l'égide du Conseil des Nations, la toute nouvelle Agence Mondiale pour l'Agronomie s'est vu attribuer de considérables subventions pour financer sa principale mission : proposer, dans un délai de trois ans, des directives globales qui puissent encadrer les pratiques agricoles partout dans le monde.

C'est ainsi que sont nés les Domaines Agricoles Biocontrôlés, les DAB, à la fois laboratoires, projets pilotes et centres de production.

Des modèles se sont rapidement dégagés, qui allaient radicalement à l'encontre des pratiques du début du siècle. Dans tous les Domaines Agricoles Biocontrôlés d'abord, puis, lorsqu'en 2039 les décrets d'applications ont été promulgués, partout sur la planète, tous les pesticides non biologiques ainsi que tous les engrais chimiques ont été proscrits.

Les Organismes Génétiquement Modifiés déjà en circulation ont été livrés à eux-même, à l'épreuve de la sélection naturelle. Privés de l'environnement sélectionné et protégé pour lequel ils ont été conçus ils n'ont, pour la plupart, par résisté à la concurrence des variétés sauvages ou redevenues sauvages, plus adaptables, plus polyvalentes, plus rustiques.

Des équipes pluridisciplinaires de biologistes, d'agronomes, d'écologistes et de chimistes ont jeté les bases d'une nouvelle agriculture "semi-sauvage", où les plantes alimentaires sont mélangées et disséminées parmi un foisonnement complexe d'autres plantes sans intérêt culinaire, mais qui participent, au sein d'un écosystème cohérent, à l'équilibre dynamique des sols. Les plantes mortes et pourrissantes sont laissées sur place, et leur décomposition contribue à la régénération de l'humus.

Il y a encore quelques décennies poussaient sur les champs, serrés par centaines de millions, des individus d'une unique espèce végétale, génétiquement très homogène. Du blé, du maïs, des fraisiers, des betteraves, des cannes à sucre… Sur un sol mort, arrosé d'engrais. A la merci de la propagation contagieuse des maladies et des parasites que l'épandage massif de pesticides avait privé de prédateurs, et que facilitait l'épouvantable promiscuité artificielle du champ. Des plantes souvent stériles, incapables, par hybridation spontanée, au fil des générations, de s'adapter à un environnement fluctuant, de résister à l'arrivée d'espèces concurrentes.

Mais les habitudes ont changé, précédant même, un peu partout, les exigences de la nouvelle règlementation. La mutation a été radicale, et les résultats se sont fait sentir presque immédiatement, en termes de santé publique.

… Et en termes de gastronomie : au lieu des quelques dizaines seulement d'espèces végétales à très fort rendement productif, faciles à cultiver, stéréotypées et banales, la cuisine de ce siècle dispose maintenant de milliers de variétés rustiques, sauvages, méconnues ou même oubliées, légumes, racines, champignons, fleurs et fruits … Impropres à la culture en plein champ, ou dont les semences sont difficiles à collecter. Une nouvelle palette de saveurs subtiles et surprenantes.

Sushil/8ABHP48[Agronome], perché sur une sorte de très haut mirador qui surplombe le terrain presque plat de la parcelle #B37, est très fier de ce que lui révèlent les jumelles électroniques qu'il pointe de-ci, de-là, au gré de sa fantaisie ou de sa curiosité, ou simplement parce qu'il a cru voir du mouvement.

Bien sûr, il aurait pu observer à distance, dans le confortable bureau qu'il partage avec Prithvi/IF5M6ED[Agronome], son collègue et compagnon dans la vie. Un des drones qui évoluent au-dessus de la végétation aurait pu projeter une superbe image 3D en avant de l'écran qui fait face à son moelleux fauteuil de travail.

Mais Sushil aime le grand air, la brise tempérée qui parcourt la vallée. Et il est de la vieille école.

Comme beaucoup de ses collègues ici, Sushil/8ABHP48[Agronome] est d'origine népalaise, de l'ethnie Gurung, et sa famille, depuis de nombreuses générations, a cultivé des légumes dans un village, un peu plus au nord, où il fait plus frais, sur les pentes qui montent progressivement vers l'Annapurna. Il est né quelques années après la guerre, lorsque Pokhara n'était plus qu'une ville fantôme. Les villageois de la montagne, qui, eux, presque en autarcie, vivaient à l'écart des villes, produisaient leur propre nourriture, de manière encore largement traditionnelle. Ils ont survécu. Le petit Sushil, dont l'esprit agile a été très tôt remarqué, a pu, grâce à un élan de solidarité des villageois, aller étudier à l'Université Nouvelle de Gorakhpur, quelques 200 kilomètres au sud de Pokhara, en Inde. Sa vocation est née lors de ses retours épisodiques au pays, lorsqu'il a pu, fort de ses nouvelles connaissances en botanique, en bio-dynamique, aider ses proches dans les jardins potagers accrochés aux pentes de la montagne.

Au gré des opportunités, Sushil/8ABHP48[Agronome], petit homme brun au fin sourire, aux yeux pétillants d'intelligence, à la volonté tenace, a gravi les échelons. Il a croisé, au Département d'Agronomie de l'université, la route de Prithvi, népalais comme lui. Le beau Sherpa aux grands yeux rieurs lui a plu. Et les voilà tous deux ici, au DAB #23, à inventer l'agriculture intelligente.

Il a plu ce matin, mais maintenant, en ce début d'après-midi, le ciel est presque dégagé, et son bleu très pur, intense, presque sombre, contraste spectaculairement avec le blanc des nuages duveteux qui s'étirent au-dessus du majestueux massif de l'Annapurna Himal. Sa chaîne de sommets enneigés, dont plusieurs culminent au-dessus de 7000 mètres, barre l'horizon nord comme une muraille étincelante.
Mais Sushil/8ABHP48[Agronome] ne contemple pas la montagne, absorbé qu'il est par l'observation d'un des nombreux opilions qui arpentent la parcelle #B37, selon un trajet qui pourrait paraître désordonné et saccadé, mais qui, Sushil le sait bien, obéit à une implacable logique.
Le voilà qui enjambe des branchages tombés, délicatement, sans même les remuer, en glissant, avec une précision mécanique, ses longues pattes entre les rameaux et les feuillages, jusqu'au sol humide et élastique en-dessous.
L'opilion s'est arrêté, et ses yeux, au bout des longs pédoncules, s'écartent et observent. Puis il avance deux de ses huit pattes interminables pour saisir délicatement, sur une vigne accrochée à un arbre mort au tronc tortueux, une grappe sombre qu'il dépose dans son réceptacle dorsal.
Puis il poursuit, arrache avec leurs racines des plantes au longues tiges poilues qu'il abandonne sur place, récolte des bourgeons, écrase un scarabée.
Plus loin, un autre opilion arrache des épis mûrs, et les frotte frénétiquement, avec deux de ses pattes, longues de plus d'un mètre, au-dessus d'un sac qu'il transporte avec deux autres de ses pattes, pour séparer la paille et de la balle des grains qui très vite, si vite que

Sushil est incapable d'en suivre le mouvement, disparaissent dans le réceptacle dorsal du robot.

Sushil/8ABHP48[Agronome] pose ses jumelles, s'adosse confortablement, fixe le ciel et se prend à rêvasser un moment. Que de chemin parcouru ! Les premiers OPérateurs Indépendants, ces robots agriculteurs perfectionnés destinés à sélectionner, cueillir, récolter, arracher les plantes indésirables, élaguer, réduire la population de rongeurs, étaient bien primitifs.
Mais la dernière génération fait merveille ! Perchés sur leurs huit pattes fines et hyper-robustes en graphène filé, 200 fois plus solide que l'acier, mus par leurs moteurs électriques pas-à-pas de dernière génération, ils sont capables de courir, de grimper, d'arracher des arbres, mais aussi de cueillir, avec une infinie délicatesse, des pistils de safran.

Et bien sûr, ces OPérateurs Indépendants, ces "OPI" ont été spontanément baptisés les "opilions", du nom savant de ce proche parent des araignées, le faucheux, qui escalade les épis de blé, perché sur ses très longues pattes grêles.
Ce sont ces machines perfectionnées qui ont permis la révolution agricole qui fait passer des monocultures assistées par la chimie à des biotopes quasi-naturels. Des milieux reconstitués à partir de la nature sauvage dans laquelle bien sûr, des souches cultivées utiles à l'homme ont été insérées. Les plantes, les microorganismes, les insectes et de nombreux autres animaux y interagissent, dans un système hypercomplexe qui, dans une très large mesure, est capable de s'auto-réguler.
Une vaste gamme de plantes alimentaires, un foisonnement de variétés et d'hybrides, presque librement abandonnés à la sélection naturelle, prospèrent sur le terrain en pente douce de la parcelle #B37.

Un cauchemar pour les agriculteurs d'hier, un enchevêtrement de végétaux différents, qu'aucun engin d'antan n'aurait pu moissonner, vendanger, cueillir.

Mais les opilions s'activent, ils parcourent la parcelle, enjambent les obstacles, grimpent, ramassent, désherbent. Leurs yeux électroniques et leurs cerveaux synthétiques dotés d'une base de données encyclopédiques reconnaissent les plantes et les animaux, jugent de la maturité d'un fruit, du surnombre de chenilles.

Ils reviennent chaque fois que leur réceptacle dorsal déborde de gousses, de tubercules, de fruits. Et ils en font le tri, affairés devant les bacs alignés le long de l'enceinte de la parcelle.

Les ombres ont tourné. Sushil/8ABHP48[Agronome] n'a pas vu le temps passer, alors qu'il repensait à tout ce chemin parcouru depuis la Guerre Globale. Aux autres Domaines Agricoles Biocontrôlés, à tout cette biodiversité qui peu à peu, se reconstitue. Il est fier d'être ici, et d'avoir, avec ses collègues de l'Agence Mondiale pour l'Agronomie, largement contribué à mieux nourrir le monde …

… le monde ?   Oui, mais seulement la planète Terre !

Sushil pense avec irritation aux vaines ambitions de tous ces exo-agriculteurs qui prétendent pouvoir recréer dans l'espace, ou sous des dômes pressurisés sur la surface d'autres planètes, des biotopes - des biotopes ? Quelle ironie - vivables à long terme.

Comment peut-on, dans un environnement totalement clos, sans contact aucun avec un réservoir de biodiversité, espérer maintenir en équilibre, dans la durée, un système vivant composé de quelques dizaines d'espèces seulement ? Sans chaînes alimentaires, sans aucune possibilité d'hybridations, ces milieux stérilisés et aseptisés sont voués à un échec certain !

Pourtant, les membres de son équipe, et nombre de ses collègues de l'Agence Mondiale pour l'Agronomie n'avaient pas manqué, études détaillées et publications à l'appui, d'expliquer que les interactions entre les plantes, les insectes, les microorganismes n'étaient pas simplement modélisables avec quelques petits programmes informatiques, fussent-ils l'oeuvre de ces nouveaux CyberCerveaux 4G dont on dit tant de bien.

Un milieu vivant, un biotope, s'il est privé de son caractère hypercomplexe et réduit à un petit nombre d'espèces en interaction, ne pourra que dégénérer, tôt ou tard. Ce n'est que l'inextricable tissu d'interactions entre de nombreuses espèces qui s'influencent, par leur concurrence, leur prédation, leur symbiose ou leur parasitisme, qui garantit que le biotope saura, malgré des perturbations parfois cataclysmiques, survivre et perdurer.

Sushil/8ABHP48[Agronome] s'échauffe, et sent son indignation monter. "Ils" vont vers la catastrophe. D'ailleurs, les déboires de la grande base installée sur Ganymède, leur dramatique baisse de productivité qui a obligé l'Agence à envoyer un vaisseau rapide depuis la Terre n'est qu'un signe avant-coureur ! Tout leur riz a été détruit par un champignon qui avait échappé à la surveillance des scientifiques, et voyagé clandestinement jusque dans la banlieue de Jupiter. Et, bien sûr, ce champignon a pu proliférer, faute de prédateurs … Ils s'en sont aperçus trop tard !

Un bip répété ramène Sushil à la réalité, le fait sursauter. Il se passe quelque chose. Les opilions, disséminés dans le champ, convergent soudainement vers un point, en bordure de la parcelle, à gauche, où les branchages s'agitent avec force.

Les voilà qui cernent, dans un entremêlement de longues pattes noires articulées, un animal qui se débat et crie. Puis s'immobilise.

Un opilion enfin s'avance vers la bordure de la parcelle, là où sont alignés les bacs dans lesquels on dépose les récoltes. Il transporte un cadavre, serré entre les extrémités robustes de ses deux pattes avant, haut au-dessus de son compact corps noir et de ses deux yeux pédonculés qui s'orientent comme le feraient ceux d'un escargot.

Une chèvre sauvage. Elle s'était imprudemment aventurée jusque là, affamée ou juste gourmande, attirée par le foisonnement végétal appétissant de la parcelle #B37.

L'Opi, comme le nomment familièrement le personnel du DAB #23, laisse tomber la dépouille dans le bac où chaque jour sont collectés les mammifères, les reptiles, les oiseaux trouvés en surnombre dans le jardin.

Ce soir, d'autres robots feront le tri, dépouilleront, découperont, recycleront.

Un papillon blanc monte, dans un vol saccadé, vers le haut du mirador. Sushil, qui a posé ses jumelles, le regarde évoluer. Un papillon … Ils sont nombreux dans l'Ecobulle #4 .

L'Ecobulle #4 … Une n-ième tentative de créer, isolé de toute interaction avec la biosphère terrestre, un monde autonome dans lequel des plantes et des animaux pourraient subsister, se reproduire, évoluer de concert, dans un équilibre dynamique.

Un monde fonctionnant en autarcie, qui puisse être implanté sur d'autres planètes, dans des stations spatiales, des satellites. Qui soit en mesure de produire de la nourriture pour les colons, de régénérer l'air.

Aux débuts de la colonisation de la Lune, de Mars et des grands satellites de Jupiter, les scientifiques d'alors ont estimé, naïvement, que dès lors que les conditions physiques et chimiques sont réunies, une pesanteur suffisante, de l'oxygène et du gaz carbonique, un substrat adéquat, de l'eau, des oligoéléments, de la lumière, alors l'implantation de plantes terrestres ne devait pas poser de problèmes particuliers. On pourrait cultiver et récolter du blé sous de grandes coupoles posées à la surface de Ganymède ou de Mars.

Les premières tentatives d'exo-agriculture ont semblé prometteuses. Pendant plusieurs années, les colons sur la Lune ont pu manger des légumes produits sur place. Mais peu à peu, la situation s'est dégradée. Des champignons, des microorganismes apportés de la Terre ont accidentellement infesté les cultures, déclenchant des ripostes chimiques, décimant, empoisonnant et affaiblissant les quelques espèces importées. Des mutations génétiques spontanées ont parfois fait émerger des souches résistantes, mais la trop grande pureté des variétés implantées a interdit toute possibilité d'hybridation, d'adaptation à de nouvelles contraintes. Les jardins d'Igaluk, dont les habitants de Callisto étaient si fiers, on périclité. Il a fallu importer de nouvelles plantes, des insectes, des microorganismes, accroître la diversité génétique. Une lutte sans fin, entravée par la distance entre les colonies et la planète mère, les voyages interminables, les difficultés d'analyse et d'anticipation des problèmes.

La nécessité de repenser complètement l'agriculture et l'élevage loin de la Terre a conduit les pouvoir publics à confier à l'Agence Mondiale pour l'Agronomie la tâche délicate de concevoir, à la lumière des connaissances les plus avancées en la matière, des écosystèmes complexes et intelligents capable de devenir vraiment autonomes, durablement.
Le projet " Ecobulles " est né de cette volonté.

… Et Sushil/8ABHP48[Agronome], à son corps défendant, s'est vu confier la responsabilité de l'Ecobulle #4, un dôme étanche bâti au bord du lac Phewa, à quelques kilomètres au sud-est. Il a accepté, à la condition absolue qu'il aurait carte blanche.
Il a alors procédé consciencieusement, selon ses convictions.
Au lieu d'introduire, dans ce milieu totalement stérilisé au préalable, un très petit nombre d'espèces soigneusement débarrassées de tous microorganismes, et d'espérer qu'un équilibre artificiel puisse s'établir, il a fait à son idée.
Il a misé sur la plus grande diversité biologique possible, compte tenu des contraintes du projet.

Il y a trois ans déjà, Sushil a fait transporter dans l'Ecobulle, alors encore vide, de l'humus prélevé dans la forêt, une profusion de microorganismes et de plantes, des insectes. Il a laissé s'écouler une année, avant d'y rajouter des plantes alimentaires, et de confier à des opilions la gestion au quotidien de cet espace de seulement un kilomètre carré, complètement isolé du monde environnant, dont la lumière est produite artificiellement, dont l'eau et l'air sont recyclés en permanence.

Les populations d'insectes ont fluctué, quelques variétés de plantes alimentaires n'ont pas survécu, mais cette année, les opilions ont récolté les première fraises, et les haricots verts sont prometteurs.

Sushil/8ABHP48[Agronome] espère pouvoir présenter ses premiers résultats à la convention qui se tiendra le 23 novembre prochain à Hong Kong. Si d'ici là tout se passe bien.

Le papillon blanc est reparti vers le jardin, et un essaim de moucherons monte maintenant dans l'air qui s'échauffe.

En contrebas, les opilions s'affairent.

Comme le faisaient les chasseurs-cueilleurs de la préhistoire humaine, où de celle des Esprits.

Le Cratère Tros

Cratère Tros, région de Phrygia Sulcus, Ganymède
Le lundi 19 novembre 2074, 00:07 UTC.

Comme chaque semaine, l'immense globe de Jupiter, immuablement accroché au même point, presque au zénith, éclipse le lointain Soleil, et l'on ne peut voir de la géante qu'une étroite couronne irisée.
La majestueuse planète, très haute dans le ciel noir, est encadrée d'un côté par le minuscule satellite Europe dont on ne distingue qu'un fin croissant, de l'autre par Io, plus petit encore, dont la face rougeâtre est baignée par la lumière que réfléchit la grande planète. Et plus loin, du même côté qu'Europe, Callisto est perdu dans une myriade d'étoiles.

Aicha/PVE6JIK[Pilote], qui contemplait la voûte céleste à travers le cockpit du Jupiter Land Vehicle n°KY09, tandis qu'il avançait lentement, contrôlé par son pilote automatique, sursaute lorsqu'un chuintement dans ses oreilles, produit par ses implants auditifs, l'arrache à sa rêverie.
Le grand JLV de fret vient de s'arrêter juste devant l'entrée du sas D de la base Tros, celui qui est orienté vers l'ouest.
La manoeuvre est minutée, le temps presse...
Pourtant le spectacle somptueux prêterait à l'introspection et à la contemplation de l'infini, mais ici, sur la base Tros, tout le monde est sur le pied de guerre.

Car les Néohumanistes[4] n'ont pas désarmé.
Il y a maintenant trois ans que le Conseil des Nations, lors de sa mémorable session de Séoul, en ASIA, a décidé qu'une expédition

---

[4] Le Néohumanisme : voir l'article de Wikicycla, page 189

vers les deux petites planètes plutoïdes Enlil et Ninlil[5] sera confiée à un CyberCerveau de Quatrième Génération. De nombreuses équipes d'experts ont expliqué au grand public qu'un équipage humain n'était pas approprié, car il ne pourrait pas prolonger sa mission sur une durée suffisamment longue pour être rentable, en termes scientifiques, puisque Enlil et Ninlil vont s'éloigner du centre du Système Solaire à grande vitesse pour n'y revenir que dans plus de 2500 ans. Seul un CyberCerveau capable de rapatrier sa mémoire et tout son intellect vers la Terre, à tout moment, était une option envisageable. Il pourrait le faire en les téléchargeant sous forme de fichiers, envoyés au moyen d'un faisceau électromagnétique modulé.

Les Néohumanistes, sans distinction de nation, d'une seule voix, ont répondu qu'il valait mieux renoncer à Enlil et Ninlil que de créer des entités artificielles plus intelligentes que les Humains, et potentiellement immortelles.
Leur opposants, les Antispécistes, qui ont été de facto appuyés par le Conseil des Nations, leur ont répondu que l'Humanité était protégée par le Three Laws of Robotics Act et le No Cloning Act, qui empêchent toute hégémonie des machines pensantes.
Les Néohumanistes n'ont cessé de rétorquer qu'un CyberCerveau autonome, isolé sur un planétoïde, aurait tout le temps, dégagé de tout contrôle par les Humains, de chercher un moyen de contourner les interdits précâblés par les Humains. Ils affirment que le risque est bien trop grand, que c'est pure folie.

Les affrontements, les protestations, les recours devant le Grand Tribunal Interplanétaire qui siège sur le Geostat (Module #334, 26° de longitude Est) se sont répétés depuis.
Mais les préparatifs de l'expédition se sont poursuivis, en toute transparence, conformément au Free Information Act.

---

[5] Enlil et Ninlil : voir l'article de Wikicycla, page 173

Un compte à rebours a démarré il y a quelques jours seulement, un an exactement avant la date prévue de lancement, le 5 novembre 2075.

Ici, dans la grande base Tros, au milieu du cratère du même nom, par 11° de latitude nord et 27° de longitude ouest, sur la face de Ganymède qui regarde éternellement Jupiter, les travaux vont bon train. Dans tous les ateliers, une grande horloge murale indique en secondes le temps restant avant le lancement.

Mais les responsables de la mission restent vigilants : des cordons de robots policiers filtrent les véhicules qui accèdent au sas des grands dômes pressurisés, vérifient ostensiblement l'identité des personnes, de crainte d'un ultime sabotage.

Le vaisseau lui-même est pourtant déjà prêt, et a été depuis quelques jours parqué en orbite d'attente autour de Ganymède.

Nibiru, c'est son nom, est équipé du plus moderne système de propulsion ionique, alimenté en énergie par un réacteur à fusion compact. Des équipements ultramodernes, une panoplie d'outillages sophistiqués sont complétés par un stock de matériaux de toute sortes, garantissant que le CyberCerveau, armé de ses télémanipulateurs, pourra en cas de besoin confectionner les instruments qui pourraient s'avérer nécessaires.

Pourtant...

Il ne reste plus qu'un an avant le lancement, et ici, sur la surface glacée de Ganymède, la phase la plus délicate des préparatifs ne fait que débuter : l'éducation du CyberCerveau.

Il a fallu se rendre à l'évidence : à partir du moment où les CyberCerveaux ont atteint des niveaux d'hypercomplexité permettant l'émergence d'une conscience, d'une sensibilité, et où leur intellect n'était plus simplement contenu dans de simples données binaires stockées dans de gigantesques mémoires, leur préparation, leur conditionnement, leur processus d'apprentissage se sont grandement complexifiés.

Il n'est plus possible, comme ce l'était jadis aux balbutiements de l'intelligence artificielle, de télécharger dans des mémoires des lignes de code développées indépendamment, et de stocker des données encyclopédiques dans lesquelles l'unité centrale de traitement ira puiser de l'information au gré des besoins.

Les nouveaux CyberCerveaux[6], eux, sont constitués de près de mille milliards de neurones synthétiques qui apprennent, pensent et oublient en modifiant constamment le foisonnement des liaisons qui les interconnectent, les pseudo-dendrites. Un substrat hybride, mi-organique, mi-électronique les nourrit et fabrique de nouveaux pseudo-neurones en cas de défaillance. Il assure aussi l'interconnexion des pseudo-neurones avec la mémoire d'état qui tient à jour, en temps réel, le répertoire des interconnexions dendritiques.

Comme c'est le cas pour un nouveau-né organique, qu'il soit humain, Esprit, ou animal, si une partie du fonctionnement du cerveau peut être pré-câblée, l'essentiel de l'intellect et de la psyché va toutefois devoir être acquis par apprentissage.

Aicha/PVE6JIK[Pilote] n'ignore pas, Free Information Act oblige, que le précieux chargement de son JLV est précisément Raja/8F3LMUU[CyBrain4G], un des trois puissants CyberCerveaux parmi lesquels devra être choisi celui qui pilotera l'expédition Nibiru.

Ces CyberCerveaux ont été tous trois acheminés à grand frais depuis la Terre, ou plus précisément depuis l'usine de montage de la société Synthex Inc (installée sur le Geostat, Module #77), par des voies différentes, afin de minimiser les risques de sabotage.

---

[6] Les CyberCerveaux 4G : voir l'article de Wikicycla, page 143

Mais finalement seuls deux d'entre eux pourront être préparés : le troisième, Cortex/ABW29OH[CyBrain4G], qui était transporté par vaisseau rapide depuis une escale sur Cérès, a été mystérieusement détourné. Les autorités ignorent si les trois membres d'équipage, qui semblaient fiables, avaient pu être fanatisés par un des groupuscules les plus ultra du FN, le Front Néohumaniste. Seul une très petite équipe aurait pu y parvenir, car le Free Information Act n'autorise la confidentialité de données "privées" interpersonnelles qu'à l'intérieur de cellules d'échange de 64 individus au plus.

Une autre hypothèse incrimine le CyberCerveau de 3ème génération qui équipait le vaisseau. Aurait-il subit un lavage de cerveau ?
Quoi qu'il en soit, Cortex/ABW29OH[CyBrain4G] s'éloigne à des dizaines de kilomètres par seconde, et probablement sans retour, dans un vaisseau piraté par trois humains kamikazes ou un CyberCerveau fanatisé.
Les experts, ici sur Ganymède, devront se concentrer sur Axon/83Y4OP8[CyBrain4G] et Raja/8F3LMUU[CyBrain4G], et leur prodiguer une éducation rapide avant de choisir, juste avant le lancement, lequel des deux embarquera sur Nibiru.

Ca y est, la grande porte du sas D finit de s'escamoter dans la paroi et le ventre béant invite Aicha/PVE6JIK[Pilote] à faire pénétrer son JLV dans la base Tros.
Elle jette à regret un dernier regard au ciel magnifique et prend les commandes au moyen de ses implants corticaux. Elle "veut" que le véhicule avance jusqu'à l'endroit qu'elle fixe des yeux. Les microélectrodes fichées dans la zone pariétale de son cerveau renseignent les commandes du véhicule et elle entend, transmis par le métal du châssis, le crissement des chenilles alors que le JLV s'ébranle.

Raja/8F3LMUU[CyBrain4G] va bientôt commencer son apprentissage.

www.lesesprits.fr/13mai2075

Base 17

Base 17, Titan
Le 294ème Cycle du Monde des Esprits
Le 14 janvier 2075 des Humains

Depuis la fondation des colonies des Esprits sur ⵧ÷ⵣⵍⴽⴷ, le satellite de Saturne que les humains appellent Titan, les trois Anciens, Humil, Gôô et Krah viennent tous les Cycles visiter le Sanctuaire, situé tout près de la Base 17 et du lieu mythique où s'est posée, pour la toute première fois, il y a si longtemps déjà, la petite navette que le vaisseau Clarke, en orbite autour de Saturne, avait envoyée vers la surface.

C'est pour eux l'occasion de se retrouver loin de l'agitation fébrile des cités blotties sous les grands dômes, loin du va-et-vient incessant des petits robots de titane et de carbone qui s'affairent dans les usines de fabrication de machines et d'aliments.

Un lien particulier les unit, une fraternité indéfectible née de leur histoire commune, ainsi que de la convergence de leurs sensibilités et de leurs intérêts.

Ils font tous trois partie des survivants. Des quelques-uns, parmi les soixante-quatre pionniers qui ont naguère détourné le mythique vaisseau Clarke et ont débarqué sur Titan. Des rescapés ayant pu échapper aux Machines-qui-Pensent tueuses et aux pogroms qui ont suivi le coup d'état manqué perpétré par la secte des Conquérants, il y a de cela 120 Cycles.

Tant de choses se sont passées depuis la réunion mémorable qui s'était tenue il y a déjà 195 Cycles dans la station ⵓⴳⵊⵧ, perchée au point de Lagrange L1, entre Titan et Saturne !

C'était juste après le massacre commis par ≡= LΛЄϽHⱵ , la Machine-qui-Pense n°23, alors que les plus activistes du mouvement kk+Oⵖ, les "Conquérants", envisageaient déjà d'évincer ceux parmi leurs congénères qu'ils avaient baptisés, avec une pointe de dédain, Ⱶⱴⱴ⅃⅃, les "Terriens".

A l'époque déjà, les biotopes recréés sur Titan s'étaient désorganisés, et les Esprits avaient déjà bien du mal à y prélever de quoi se nourrir. Les Conquérants, les premiers, se sont mis à synthétiser des aliments directement à partir des composants carbonés disponibles en énormes quantités dans les lacs d'hydrocarbures qui couvrent une importante partie de Titan. Leur influence politique s'en est ainsi trouvée grandement renforcée et s'est inexorablement muée en un rejet systématique de tout ce que les "Terriens" pouvaient proposer. Ils ont notamment combattu le projet d'accroître massivement la recherche de mutations biologiques qui pourraient, de manière accélérée, enrichir la biodiversité des habitats et contribuer au rétablissement d'un équilibre grandement compromis.

Mais depuis, la situation a empiré, et ce qui n'était un temps qu'une lutte d'influence s'est transformée en affrontement direct. Les biotopes des bases 1, 3, 4 et 11 sur Titan se sont complètement écroulés, ainsi que ceux d'autres grands satellites de Saturne que les Esprits ont colonisés, comme Japet et Dioné. Les plantes et les animaux alimentaires ont dépéri, et ceux qui avaient été créés pour l'agrément, les immenses libellules bleues et roses et noires, les poissons transparents et les ginkgos à feuilles violettes ont disparu. La création de nouvelles Machines-qui-Pensent auto-réplicatrices a repris, et les accidents se sont multipliés, faisant des victimes dans les deux camps. Tant et si bien que même les plus modérés se sont mis à redouter que dans un futur proche, les Machines-qui-Pensent puissent, sinon prendre le pouvoir, du moins représenter une puissance politique majeure.

Gôô, Humil et Krah, tout en conversant avec animation de leurs voix nasillardes, progressent sur le balcon suspendu à la paroi du grand dôme de la Base 2, qui longe l'immense espace de ce qui avait été, il y a quelques temps encore, un jardin prospère.

Des nuages de moucherons verts tourbillonnent autour de leurs têtes, s'éloignent, reviennent, dans un incessant ballet. En contrebas, entre les allées parcourues par quelques rares robots désoeuvrés, des carrés de végétaux brunâtres et pourrissants alternent avec des étendues verdoyantes envahies d'une exubérante végétation qui darde des branches anarchiques vers la coupole. Loin au-dessus d'eux, les grands projecteurs qui diffusent une lumière bleuâtre, semblent, à travers les filaments de brume que les paresseux ventilateurs peinent à effilocher, être suspendus dans d'irréels halos.

Les grands jardins, naguère si prolifiques, ne donnent aujourd'hui plus qu'une maigre nourriture mangée de moisissures et de parasites.

Les trois compagnons longent maintenant la cabine de contrôle, dans laquelle une femelle Esprit qu'ils devinent être Fahôô, une fidèle du mouvement des Terriens, semble assoupie devant le tableau de commande.

Du dos de sa main gauche Gôô tapote la surface transparente et fait sursauter Fahôô, dont les paupières parcheminées et les membranes nictitantes s'écartent soudain comme des rideaux, révélant ses grands yeux verts et la fente verticale de leurs pupilles. La peau rugueuse de son cou dénudé passe fugitivement au vert tendre de la confusion, puis se stabilise sur un orangé mordoré qui traduit le confort que lui inspire la proximité d'Anciens qu'elle vénère et dont elle partage les convictions.

Avec un petit signe de la main et un hochement entendu de sa tête, Fahôô salue les trois marcheurs, qui lui répondent d'un clignement de paupières ponctué d'un bref bleuissement de la peau de leur queue massive. Elle sait que, comme ils le font invariablement tous les

Cycles, Gôô, Humil et Krah vont se recueillir au Sanctuaire, et visiter les Témoins. Mais cette fois, il y a déjà du monde là-bas.

Les voilà tous trois entassés dans le wagonnet à sustentation magnétique du transporteur souterrain qui relie la Base 2 à la Base 17. Gôô se souvient fugitivement de ses premières visites au Sanctuaire, peu après l'établissement de la base. Il a beaucoup grandi depuis, et sa tête effleure maintenant le haut du cockpit transparent à travers lequel il voit défiler la paroi grise du tunnel, et s'étendre devant eux le ruban luisant du rail.

Le wagonnet débouche maintenant du tunnel, qui s'ouvre dans l'immense salle de la Centrale d'Energie 4, qui n'alimente aujourd'hui plus que la zone nord-ouest.

Huit grands réacteurs à fusion y transforment le Deutérium en Hélium, qu'ils relâchent ensuite dans l'épaisse atmosphère de Titan. L'énergie qu'ils fournissent permet bien sûr de subvenir aux besoins des colons, mais elle est aussi utilisée pour dissocier l'eau des océans de glace en Oxygène et en Hydrogène, dont on extrait ensuite le Deutérium.

L'espoir s'est envolé depuis longtemps de pouvoir, dans un futur encore lointain, en rejetant massivement cet Oxygène dans l'atmosphère irrespirable de Titan, et en l'essaimant avec des bactéries modifiées par génie génétique, s'y plonger sans protection, hors de l'abri rassurant des dômes. Les rêves de terraforming se sont évanouis avec l'échec des biotopes captifs sous les grandes coupoles.

Gôô reste un moment à contempler les réacteurs environnés de tubulures, et l'immense panache cotonneux qu'on entrevoit avec peine, au-dessus, à travers les panneaux jadis transparents de la coupole maintenant souillée.

Que de rêves déçus !

Les voilà arrivés à la Base 17. Le Sanctuaire est tout près maintenant, au bout de la piste de fibrocarbone sale qui serpente entre les grands réservoirs d'Hydrogène liquide.

Gôô et Humil attendent Krah, qui était restée un moment, rêveuse, ses grands yeux levés vers les gros tuyaux argentés maculés de trainées ocres.

Ils se regroupent autour du petit local qui abrite les casiers dont ils extraient, marqués à leurs noms, les combinaisons thermiques qui leur permettront d'affronter la température glaciale du Sanctuaire. Ils entendent déjà la rumeur des nombreuses voix provenant du couloir qui mène à leur destination.

Ses compagnons entendent Gôô prendre une longue inspiration, comme avant un effort, puis laisser échapper un soupir.

Que Raison les aide ...

Ils parcourent à petit pas le couloir, cahin-caha, leur queue épaisse relevée derrière eux. De part et d'autre, des recoins, des niches, garnis d'objets rapportés de la Terre, une multi-pince auto-tactile, un bijou d'Humaine en ambre doré, un petit rouleau serré de ThermoTex rouge... Et aussi ce que les Humains auraient appelé des graffitis, des ex-voto ...

Le bruit diffus des voix enfle au fur et à mesure qu'ils avancent dans le couloir, et la température baisse graduellement. Ils débouchent enfin dans la crypte, où ils trouvent, étroitement serrés autour des trois sarcophages cryogéniques, les plus influents membres des Yᴗᴗ⅃Ↄ, les Terriens.

Tous les regards se dirigent immédiatement vers les nouveaux arrivants, ceux qui leur tournaient le dos font volte-face, tandis que le silence se fait. S'ils n'étaient pas tous engoncés dans leurs combinaisons thermiques et que leurs têtes n'étaient pas environnées par les petites tuyères qui soufflent l'air chaud bienfaisant qui empêche leur peau de geler, ils verraient tous le teint bleu pâle qu'a pris leur peau.

Les rangs s'écartent, dégageant pour Krah, Gôô et Humil le passage vers les trois sarcophages d'où s'élèvent, dans l'air froid, des filaments de vapeur condensée que les mouvements des assistants font onduler et osciller.

Les trois corps sont environnés d'une profusion de tuyaux et de sondes. Au-dessus, alignés sur le plafond de la crypte, les capteurs d'intrusion, affolés par le groupe des Esprits rassemblés, clignotent constamment. Ceux parmi les Terriens qui ont déjoué la tentative de destruction de la Crypte par un groupuscule de Conquérants fanatiques il y a quelques Cycles, les ont installés à la hâte afin de prévenir toute autre profanation.

Gôô, le premier, s'approche à petits pas du sarcophage de gauche. Sous la coque embuée, on devine une forme allongée, celle d'un Humain femelle, un corps étrange à cinq doigts à chaque membre, sans queue. La peau dorée de Foy/Z2W42UP[Psy] parait fragile et sa tête est environnée d'une ample toison brun-rousse très bouclée, bien différente de celle des quelques mammifères que les Esprits ont apportés sur Titan. Les longs poils sont ternes et écrasés maintenant, mais Gôô se souvient de la luxuriante crinière de celle qui a été pour lui, pendant toute sa vie sur Terre, l'Humain le plus proche et le plus bienveillant.

Gôô ressent une émotion profonde, et il sait que sa peau doit être devenue très pâle. Une immense tristesse l'envahit, doublée d'un fort sentiment de culpabilité. Pourquoi n'a-t-il pas empêché Foy de s'enrôler dans l'expédition Clarke ?

Gôô finit par se ressaisir et prend conscience de la présence de Humil à ses côtés. Sans bouger le buste, il pivote sa tête d'un quart de tour comme savent le faire les Esprits, et la voit le regard fixe, ses membranes nictitantes mi-closes, la peau froncée autour de ses yeux.

Humil fixe avec douleur le sarcophage de droite, dans lequel git, immobile comme un cadavre, la forme trapue de Youn/ OMP123T[Bioticienne], l'Humaine qui était là, attentive, lorsque

Humil a crevé l'enveloppe coriace de son oeuf et a jeté sur le monde son premier regard. Youn, la petite coréenne au teint mat, dont la taille dépasse à peine celle des plus anciens des Esprits éclos sur Lagrange 5. Youn la bienveillante, la rieuse, l'amicale. Youn sur laquelle s'est posé le regard de Humil, sitôt éclose.

La main gantée de Gôô cherche à tâtons celle de Humil, dont les quatre doigts agiles se crispent dans l'émotion.

Krah, derrière eux, contemple le sarcophage du milieu, dans lequel repose le corps endormi du troisième humain, M'Ganga/ 3MPYUJI[Coordinateur], le grand africain à la peau d'ébène et à la chevelure de neige. Lui aussi, à sa naissance dans le laboratoire de la grande station Lagrange 5, a posé son premier regard sur un Humain, et noué pour toujours un attachement privilégié, venu du fond des âges, venu de la mémoire collective de son espèce.

Lui aussi ressent une émotion poignante à la vue de son "parrain" gisant, en hibernation profonde, dans une crypte sur le grand satellite Titan, à plus d'un milliard de kilomètres de sa patrie.

Après un moment de recueillement, puis un silence gêné, les conversations reprennent, mais rapidement les têtes se tournent vers les plus anciens, Krah, Humil et Gôô.

Ils sont ici pour se souvenir de Clarke, le vaisseau fondateur, de leur vie antérieure aux côtés des Humains qui les ont recréés, mais aussi pour décider des actions que le mouvement des Terriens, dans la situation critique que vit leur monde sur Titan, doit entreprendre.

Il est bien évident que la vie sur Titan est en passe de devenir intenable, et que l'opposition grandissante entre les deux factions antagonistes, ᛕᛕᚦOᏇ, les Conquérants, menés par Ptahi, un des tous premiers Esprits ressuscités par les Humains, d'une part, et ᚤᛣᛣᛂᛧ, le mouvement des Terriens, auquel tous ceux présents ici dans le Sanctuaire adhèrent, d'autre part, va inévitablement aboutir au départ des uns ou des autres.

Le bruit court déjà que les Conquérants, qui tentent une alliance avec les Machines-qui-Pensent autoréplicatrices, ont conçu le projet d'abandonner Titan et les autres lunes de Saturne et de migrer vers Les Jumelles[7], les deux planètes à très longue période qui sont en train de traverser la zone centrale du Système Solaire. Ces deux petites planètes, qui n'étaient considérées, depuis leur découverte, bien avant la résurrection des Esprits, que comme d'intéressants sujets d'étude académique, sont devenues, pour les Conquérants, un but à atteindre, un nouveau Monde des Esprits possible.

Le grand observatoire installé sur Japet a bien détecté que La Petite n'était qu'un monde mort et froid, une lune désolée.

La Grande, dont les entrailles sont constamment malaxées par les forts effets de marée provoqués par sa soeur, et dont la température de surface, sous son atmosphère de méthane et d'azote, pourrait être compatible avec la vie, ne semble pas, quant à elle, être un monde beaucoup plus hospitalier que Titan.

Mais les Terriens savent que les Conquérants envisagent néanmoins de s'y installer, et de quitter définitivement les lunes de Saturne, et les jardins moribonds sous les dômes de Titan. De rompre avec ceux parmi les Esprits qui regrettent la Terre et les Humains, qu'ils considèrent comme pitoyablement sentimentaux et vainement attachés au monde organique qui a évolué sur la Terre. Eux, kk+OꞈꞋ, les Conquérants, font alliance avec leurs créatures les machines. Ils sont prêts à coloniser les Jumelles et à quitter le centre du Système Solaire pour un voyage de près de 50000 Cycles avant de revenir vers le Soleil.

Mais Gôô, Krah et les autres réunis dans le Sanctuaire ignorent quand les Conquérants envisagent de quitter Titan. Il y a bien un chantier d'assemblage en orbite autour de Japet, mais il leur est bien

---

[7] Enlil et Ninlil : voir l'article de Wikicycla, page 171

difficile de vérifier si leurs rivaux destinent le grand vaisseau en construction, là-bas, à leur voyage vers Les Jumelles.

Les conversations se prolongent, les spéculations, les conjectures se croisent, sans qu'un consensus ne parvienne à se dégager parmi les Esprits emmitouflés dans leur combinaisons thermiques, attroupés autour des trois sarcophages.

Ses deux mains levées au-dessus de sa tête, à toucher le plafond glacé de la crypte, Gôô demande le silence. Tous le regardent, les plus grands derrière, par-dessus les épaules des plus trapus. Sa respiration fait monter des volutes cotonneuses qui se dissipent en filaments dans l'air froid.

Et nous, que les Conquérants surnomment Les Terriens ?

Il ne peut contenir les voix qui s'élèvent aussitôt de toutes parts. Nous devons retourner vers la Terre ! Laisser ce monde désolé, revenir vers la planète de nos origines, renouer, coûte que coûte, avec les Humains, nos lointains cousins organiques. Nous partager intelligemment les planètes intérieures. Raison nous guidera !

Mais... nous les avons abandonnés, nous les avons trahis !

Instinctivement, le regarde de Gôô se dirige vers les trois sarcophages alignés au fond de la crypte. Tous, les uns après les autres, tournent la tête. Ce serait un spectacle étrange pour un Humain de voir toutes ces têtes pivoter, parfois de plus d'un demi-tour, sans que ni les épaules ni le buste ne bougent de manière significative.

Ils regardent tous les trois humains endormis.
Ce seront nos ambassadeurs.

Mais comment ? Le silence se fait, à nouveau. Puis, du dernier rang, la voix nasillarde du jeune Nûût, celui dont la queue est si étrangement courte, s'élève dans le presque silence. Il dit tout haut ce que tous pensent. Le mot, emprunté au parler des Humains, si étranger à la langue reconstituée des Esprits, sonne comme un claquement de langue :

Clarke !

Fatou

Cratère Tros, région de Phrygia Sulcus, Ganymède
Le vendredi 8 mars 2075, 17:33 UTC.

Mik/Q9PMH4F[Superviseur] parcourt d'un regard satisfait le grand écran qui occupe tout un pan de mur, et sur lequel s'affichent, en deux colonnes côte à côte, les niveaux courants de connaissance des deux CyberCerveaux en apprentissage.

A sa gauche, il voit à travers une grande baie vitrée l'intérieur du petit laboratoire où, sur une table immaculée, trône le cube noir du "crâne" qui contient Axon, l'un des deux candidats au grand voyage vers les planétoïdes Enlil et Ninlil.

Une espèce de cordon ombilical, qui s'épanouit en une multitude de câbles et de tuyaux, le relie au armoires truffées d'appareillages qui tapissent le mur du fond, et sur lesquelles clignotent quelques voyants bleus. C'est par cet épais cordon que circulent des signaux électriques et optiques, mais aussi un flux de nutriments, de protéines et de produits de dégradation en solution dans l'eau. Ils permettent d'alimenter le cerveau en énergie, d'échanger des informations, de lui fournir les matériaux organiques nécessaires au processus de synthèse des pseudo-neurones et de leurs nombreuses pseudo-dendrites, et de le débarrasser de ses déchets.

Pour le moment, pour la durée de l'apprentissage, et jusqu'à l'installation éventuelle de Axon dans le vaisseau Nibiru, les équipements du laboratoire se substituent à la centrale d'énergie du vaisseau, à ses multiples instruments de détection et de mesure, ses machines, ses télémanipulateurs, son système de guidage et de propulsion. Si Axon est choisi pour le voyage, il passera des situations simulées du laboratoire à la situation réelle du voyageur interplanétaire autonome.

Mik/Q9PMH4F[Superviseur] s'aperçoit qu'il fixe depuis plusieurs secondes le bloc noir immobile du crâne de Axon, et que la grande femme noire à côté de lui lui jette un regard interrogateur. Il se reprend, comme confus d'avoir laisser un instant son imagination vagabonder, et dans un mouvement instinctif il se détourne de la baie vitrée ... Mais en se retournant il se trouve en face de l'autre laboratoire, où à travers une autre vitre, toute semblable, il voit l'autre cerveau, Raja, dont le crâne identique est posé sur une table identique, et d'où court un cordon ombilical identique...

Et toujours, sur lui, le regard amusé mais bienveillant de la sculpturale femme noire. D'immenses yeux très sombres, pétillants d'une intelligence brillante.

Pour se donner une contenance, Mik se lance dans des explications. Il assure que jusqu'ici, tout s'est très bien passé, en parfait accord avec la procédure qui avait été mise en place par les experts du grand laboratoire de cybernétique de Lagrange 4. Les deux cerveaux synthétiques "innocents" sont arrivés ici il y quatre mois. Leurs instincts de base (se nourrir, se protéger, respecter le Three Laws of Robotics Act et le No Cloning Act, etc...) avaient été préalablement pré-câblés, mais leurs connaissances et leur psychisme n'excédaient pas ceux d'un nouveau-né humain.

Mik/Q9PMH4F[Superviseur] et son équipe ont la lourde tâche d'éduquer les deux CyberCerveaux, de leur apprendre à interagir avec leur environnement, à interpréter les informations collectées par leurs nombreux "sens", à résoudre des problèmes, à jauger des situations, à décider.

Comme deux enfants. Mais Mik ne dispose que d'un an pour cela. En théorie ce délai devrait être suffisant, confortable, même. En théorie.

Les deux CyberCerveaux sont arrivés ici, dans le grand laboratoire de la base Tros, dont la coupole est posée sur le grand cratère glacé Tros, de 109 km de diamètre, comme un macaron le serait sur une assiette blanche. Ils ont été connectés à plusieurs autres CyberCerveaux, de Génération 3, eux, chargés de produire toutes les stimulations, les informations que les deux apprentis pourraient recevoir de leurs caméras, de leurs télescopes, de leurs capteurs infrarouge, ultraviolets, gravitationnels, tactiles, électromagnétiques, de leurs spectromètres. Il ont été raccordés à des machines imitant le comportement des télémanipulateurs d'un vaisseau spatial, de ses propulseurs, etc ... Enfin ils ont été mis en communication avec quelques humains, présents ou distants, des experts, des pédagogues, des éducateurs.

Les débuts, comme à l'accoutumée, ont été compliqués, faits d'avancées et de reculs, de tâtonnements, d'échecs. Pour éviter que les deux CyberCerveaux, soumis rigoureusement aux mêmes stimuli, ne restent identiques et parfaitement prévisibles tout au long de l'apprentissage, ce qui rendrait inutile et absurde un choix entre les deux, une certaine dose de signaux aléatoires est superposée aux informations utiles, rendant les "vécus" des deux apprentis légèrement différents.

Compte tenu de l'échéance courte, et des nombreuses contraintes organisationnelles du projet, l'équipe de Mik/Q9PMH4F[Superviseur] a eu pour consigne de ne pas innover dans les méthodes, mais de s'en tenir strictement aux protocoles d'éducation qui ont fait leurs preuves pour les derniers CyberCerveaux avancés.

C'est ainsi que, les premières semaines, ont alterné des phases de jeu et "d'éveil" et des phases sans stimuli, comparables aux périodes de sommeil paradoxal des enfants humains, pendant lesquelles leur cerveau rêve, digère et réorganise les pensées, les images, les données acquises pendant la phase de veille. C'est surtout à ces moments-là que les mémoires tridimensionnelles organiques de Raja et de Axon réarrangent le foisonnement de connexion de leurs pseudo-dendrites, en créent de nouvelles, en effacent.

Un observateur profane aurait été surpris de la similitude entre la méthode d'apprentissage utilisée par Mik et sa petite équipe et celle pratiquée depuis des décennies auprès des petits humains.

Les résultats les plus rapides et les plus probants obtenus avec les CyberCerveaux de 3ème et de 4ème générations ont été obtenus en leur prodiguant tout d'abord un apprentissage reposant sur la découverte "sensorielle", en leur envoyant, depuis les automates simulant leurs analyseurs, leurs caméras, leurs spectromètres de masse, des informations qui reproduisent ce que les CyberCerveaux observeraient s'ils étaient livrés à eux-mêmes. En les laissant traiter librement ces éléments, essayer des réponses, imaginer des réactions, rechercher de nouvelles données, tâtonner.

Des méthodes qui remontent, indirectement, aux premières expérimentations, au début du XXème siècle, et qui ont été promues ou encouragées par des novateurs comme Maria Montessori, Gisèle Pelvey ou plus tard Jimmy Wales, pour l'épanouissement des enfants humains.

Les résultats ont été fulgurants, et, un peu plus d'un mois seulement après leur arrivée à Tros, les deux cerveaux ont pu entamer la seconde phase, au cours de laquelle des problèmes de difficultés croissantes leur ont été proposés comme des jeux.

Pendant tout le processus, les informations fournies aux deux CyberCerveaux différaient chaque fois légèrement, selon un processus aléatoire : par exemple Raja se voyait proposer un jeu d'agencement de sphères rouges, alors qu'elles étaient bleues pour Axon.

Très vite, malgré la faible différence des traitements des deux CyberCerveaux, leur hypercomplexité[8] a fait que leurs réactions, leurs réponses sont devenues de moins en moins souvent identiques, jusqu'à diverger notablement.

---

[8] L'Hypercomplexité : voir l'article de Wikicycla, page 159

L'équipe de Mik a très vite pu constater que des "personnalités" différentes se dessinaient, et que Axon et Raja, dans leur crânes cubiques noirs, étaient en train de devenir deux individus bien distincts.

Il reste aujourd'hui moins de huit mois avant la date fatidique où il faudra choisir lequel des deux cerveaux prendra le contrôle du vaisseau Nibiru, qui deviendra son corps, et dont les instruments deviendront ses sens et ses membres.
Il est temps maintenant de passer à une phase décisive et indispensable avant l'insertion du CyberCerveau élu dans le ventre du vaisseau.
Et ... la phase décisive, c'est aujourd'hui.

Et c'est pour cela que la splendide Fatou/2OD1THU[Médiatrice] est là, et que son regard scrutateur observe, jauge, évalue.

Mik/Q9PMH4F[Superviseur] est anxieux, tendu. L'opération programmée aujourd'hui aurait suffi à son malaise, mais la présence de la Médiatrice, qui l'intimide, ne fait qu'accroître son inconfort.
Car la réputation de Fatou/2OD1THU[Médiatrice] la précède où qu'elle aille.
Encore enfant, elle a, avec sa mère et sa soeur, miraculeusement échappé aux massacres inter-ethniques qui ont suivi, en 2030, l'épouvantable Guerre Globale. Remarquée pour son exceptionnelle intelligence, elle a pu bénéficier, après la reconstruction, d'une bourse accordée par le tout nouvel état UNAFRI, et suivre brillamment un double cursus de géopolitique et de psychosociologie.
Fraîchement diplômée de l'université de Nairobi, elle a été recrutée par le Conseil des Nations et s'est rapidement illustrée par ses talents diplomatiques lors des délicates négociations entre les colonies d'ASIA, NATO et UNAFRI sur Europe, le second grand satellite de

Jupiter, à l'époque où il était question d'y organiser le stockage et la gestion des minerais précieux en provenance de l'astéroïde Shiva, que le vaisseau Clarke devait y livrer.

C'était en 2028, et l'histoire ne s'est pas passée comme les humains l'avait imaginée. Clarke n'est jamais arrivé sur Europe.
Depuis, la superbe femme noire a multiplié les missions de médiation délicates. Elle est là aujourd'hui, aux côté de Mik le superviseur, car une phase cruciale de la préparation de la mission Nibiru va débuter.
Les deux CyberCerveaux préparés pour l'aventure n'ont, tout d'abord, été connectés qu'avec les machines prévues pour leur éducation, et n'ont encore pas, en aucune manière, eu de contacts réels avec l'extérieur. Tout ce qu'ils ont pu "voir" ou connaître n'a à ce jour qu'été simulé. Ils ignorent presque tout du "vaste monde", ils n'ont encore jamais été confrontés à des informations réelles collectées par leurs nombreux capteurs, ils n'ont encore jamais été connectés au grand réseau GlobalNet sur lequel sont échangées en permanence les données fournies par une profusion de serveurs disséminés dans tout le Système Solaire. La seule base de données à laquelle ils ont eu accès pour le moment est une version tronquée et expurgée de l'encyclopédie Wikicycla, qui ne comporte aucun article ultérieur au 31 décembre 2073.
Ils ne connaissent ainsi le monde qu'à travers ce que leurs concepteurs ont bien voulu leur offrir.
Ils ignorent même tout de la mission pour laquelle ils sont préparés, et a fortiori qu'ils sont deux et que seul l'un des deux pourra partir.

Jusqu'à leur identité est restée incertaine. Pour éviter d'avoir à les considérer comme des individus libres et pensants, au sens que donne à ce terme le Free Information Act, et par conséquent de devoir leur donner libre accès à toutes les informations disponibles sur tous les serveurs du Système Solaire, à l'exception des données réputées personnelles, un Personal ID officiel ne leur a pas encore été attribué.

Ils sont encore, techniquement parlant, des objets.

Leur déclaration officielle en tant qu'individus à part entière ne va être effective qu'aujourd'hui, lors de leur première connexion avec le reste du monde.

Ils vont alors s'appeler respectivement Axon/83Y4OP8[CyBrain4G] et Raja/8F3LMUU[CyBrain4G].

Dès lors, ils auront de plein droit accès à toutes les informations disponibles, et leur libre arbitre sera reconnu... Au risque que l'un d'eux, ou même les deux, refuse la mission pour laquelle ils ont été créés.

L'heure approche. Les deux cerveaux ont été avertis de la teneur et de l'imminence de l'opération : ils vont être simultanément raccordés à GlobalNet. Ils vont pouvoir consulter Wikipedia, la colossale base de données utilisée par tous les professionnels du Système Solaire.

Mais avant cela, par prudence et par respect, pour éviter d'infliger un traumatisme aux deux jeunes consciences sur lesquelles tant d'enjeux reposent, il est prévu que Fatou/2OD1THU[Médiatrice] leur parle, leur dévoile la mission Nibiru, les mette en contact l'un avec l'autre.

Bien sûr elle aurait pu le faire depuis n'importe quel point du Système Solaire, ou du moins, pour éviter les délais de transmission qui imposent de gênants retards entre questions et réponses, depuis n'importe quelle base sur un satellite de Jupiter.

Mais elle a préféré, pour son propre confort, pour se sentir vraiment en situation, venir le faire ici. Elle a voulu, aussi, pouvoir établir une relation conviviale avec Axon et Raja, qui ne manqueront pas d'apprécier qu'elle a fait l'effort de venir près d'eux. Ils vont voir son image à travers les caméras du laboratoire, et elle envisage même, si l'échange prend une bonne tournure, de les laisser la toucher au moyen des délicats petits télémanipulateurs souples employés pour travailler sur les êtres vivants.

Sous le regard intimidé mais curieux de Mik/Q9PMH4F[Superviseur], la belle Fatou/2OD1THU[Médiatrice] va, du pas dansant qu'impose la faible gravité sur Ganymède, s'installer dans un des confortables fauteuils matelassés qui font face au grand écran et à la rangée de caméras 3D disposées tout autour.

Son sourire est moins radieux, cependant : une sourde anxiété la déconcentre.

En face d'elle, sur le grand écran, apparait son image, telle qu'elle va être transmise aux deux CyberCerveaux. De part et d'autre s'affichent des diagrammes holographiques colorés montrant, de manière symbolique, le niveau d'activité des deux cerveaux, zone par zone, comme le ferait, pour un humain, un électroencéphalogramme.

Axon et Raja, qui ne mesurent pas ce qui va se passer dans quelques instants, sont calmes, comme en témoigne la ligne rouge qui défile mollement sur l'écran.

Le moment est venu. Mik/Q9PMH4F[Superviseur] voit la médiatrice fermer les yeux. Il ne peut s'empêcher d'admirer la longueur de ses cils, la ligne pure de ses pommettes. Elle prend une grand inspiration, puis ... Contact !

Un silence...

Puis simultanément, sur les deux moniteurs latéraux qui encadrent l'écran central, la trace rouge qui défilait, étale jusqu'alors, sursaute, s'affole.

Les paramètres "Surprise" et "Anxiété" grimpent sur leurs échelles respectives, traduisant le choc émotionnel des deux CyberCerveaux.

Bonjour Raja, bonjour Axon.
Je suis Fatou/2OD1THU[Médiatrice].

Vous êtes les bienvenus dans le monde !

Romance

Cratère Tros, région de Phrygia Sulcus, Ganymède
Le samedi 23 mars 2075, 17:33 UTC.

Fatou est installée dans un des salons, une des petites bulles secondaires installées à la périphérie de l'immense dôme de la base, construite en plein centre du grand cratère de glace Tros, presque au milieu de la face de Ganymède qui regarde perpétuellement Jupiter.
Ici, tout le confort que permet la colonie est à la disposition des quelques privilégiés : administrateurs, pilotes, savants, officiels, qui éprouvent le besoin de prendre du repos, de réfléchir, de récupérer après les activités trépidantes de la vie sur les lunes de la grande planète.

Les deux dernières semaines ont été chargées, intenses, excitantes. Les deux puissants CyberCerveaux, désormais déclarés individus autonomes et titulaires d'un Personal ID, ont pris connaissance de leur environnement réel, et appris qu'ils étaient deux candidats préparés pour une mission très spéciale, l'exploration d'un monde double, les planétoïdes Enlil et Ninlil, qui traversent le Système Solaire central en ce moment, et le quitteront pour un très long voyage de 2500 ans avant de revenir. Qu'ils possèdent, eux, Axon et Raja, une faculté que leurs créateurs humains n'ont pas, qui est de pouvoir revenir vers la Terre par transmission radio, sans risquer de rester captifs sur les deux petits mondes isolés.
Après l'inévitable période de stupeur et d'excitation, et une avalanche de questions, les deux cerveaux ont commencé à dévorer avidement les données si subitement mises à leur disposition.

Et puis peu à peu, les tous derniers jours, une nouvelle phase s'est amorcée.

Axon et Raja ont, par petites allusions, comme timidement, montré la conscience de leur propre existence, et révélé leurs tempéraments.

Assez vite, il s'est avéré qu'ils dialoguaient très peu l'un avec l'autre, ce qui contraste notablement avec le foisonnement de questions, de remarques, d'interpellations adressées aux humains.

Les différences subtiles, aléatoires mais volontaires introduites dans l'éducation des deux cerveaux se sont montrées efficaces : les deux CyberCerveaux sont différents. D'une étonnante différence, qui ne porte que peu, à la surprise des éducateurs, sur leurs centres d'intérêts, ni sur leurs aptitudes cognitives, mais plutôt sur leurs caractères, leurs tempéraments.

Axon/83Y4OP8[CyBrain4G] est très vite apparu comme un individu rationnel, pragmatique, matérialiste, concret. Peu enclin à l'introspection, quoique parfaitement conscient de sa place et de son rôle, et des enjeux de la possible mission. Solide. Peut-être calculateur.

Raja/8F3LMUU[CyBrain4G] est resté, un temps, plus secret. Souvent évasif lorsqu'une question trop directe concernait son ressenti. Parfois énigmatique, et fuyant lorsqu'on lui demandait de s'expliquer. Il y a 4 jours, Raja a composé de la musique. Un air et des sonorités qui auraient aisément pu passer pour de la musique médiévale européenne. Cette première oeuvre a en un instant fait le tour du Système Solaire sur GlobalNet, et défrayé les réseaux sociaux. Et, bien sûr, réveillé l'alarmisme des plus fanatiques du FN, le Front Néohumanisme. Les CyberCerveaux vont supplanter l'humanité ! Refermons immédiatement la boîte de Pandore!

Mais ce qui intrigue le plus Fatou, ce sont les allusions ambiguës qu'elle a cru deviner dans les propos de Raja, chaque fois que Raja et elle étaient, si l'on peut dire, en "tête à tête". Des double sens, des termes équivoques. Rien de net, de clair.

Et pourtant, par ailleurs, Raja/8F3LMUU[CyBrain4G] est conforme à ce que les éducateurs et la médiatrice attendaient. Ses tests cognitifs et psychomoteurs (coordination cerveau/télémanipulateurs, représentation spatiale, etc...) sont impeccables.

Fatou/2OD1THU[Médiatrice] se dit que sa tâche ne sera pas facile. C'est à elle qu'incombe la mission délicate de décider lequel des deux CyberCerveaux sera affecté à la mission Nibiru. Elle devra diplomatiquement lui faire accepter ce grand voyage, et peut-être gérer la déconvenue de l'autre CyberCerveau. Lui proposer d'autres tâches.
Au fur et à mesure de l'évolution fulgurante de ses deux élèves, elle prend conscience de la puissance de leur intellect. Il ne sera pas aisé de négocier avec eux !

Fatou/2OD1THU[Médiatrice], entre deux messages en retard qu'elle consulte sur son communicateur, et qui s'affichent sur l'écran rectangulaire disposé juste en face du grand fauteuil dans lequel elle s'est voluptueusement installée, lève les yeux vers la petite coupole dont la surface transparente s'arrondit juste au-dessus d'elle, pour contempler la vue magnifique du ciel profond.

Pas de Soleil, qui éclipserait les étoiles, car la région de Phrygia Sulcus, où est installée la base, est en ce moment dans la nuit de Ganymède. La voûte céleste est piquetée d'étoiles, et, au-dessus de sa tête, Fatou peut contempler l'immense Jupiter, marbrée de gris et d'orange, avec ses trainées de nuages. La rotation de la grande planète est nettement visible, presque à l'oeil nu.

Il y a quelques minutes encore, la grande tache rouge était invisible, mais elle a, au fil des messages négligés que Fatou parcourt un à un, émergé de la zone d'ombre, au bord de la planète, et glissé lentement sur la surface nacrée baignée de soleil.

La coordinatrice s'arrache une fois de plus au spectacle céleste et se replonge à regret dans la lecture de ses messages. Allez, encore un ...

From	*Raja/8F3LMUU[CyBrain4G]*
To	*Fatou/2OD1THU[Médiatrice]*
Time	*2073-03-323, 16:02 UTC*

Message #547865890345

Private/Interpersonal/Owner: Raja/8F3LMUU[CyBrain4G]

הִנָּךְ יָפָה רַעְיָתִי, הִנָּךְ יָפָה עֵינַיִךְ יוֹנִים

End of message

Un message de Raja ? Un message privé interpersonnel de Raja, envoyé sur le couvert du Free Information Act ?
Des caractères hébraïques ?

Fatou/2OD1THU[Médiatrice], confuse, soudain tendue, interroge immédiatement son Traducteur-Discriminateur.
La réponse du TraDisc tombe instantanément, elle s'affiche sur l'écran, et est en même temps énoncée par une voix masculine neutre, très calme :

Que tu es belle, mon amie, que tu es belle! Tes yeux sont ceux d'une colombe.

Le Cantique des Cantiques , chapitre 1, verset 15

Un texte de la Bible ? le Cantique des Cantiques ? Un poème d'amour ?
Fatou est affalée dans son fauteuil, comme atteinte de sidération, le regard de ses grands yeux noirs dirigé vers la grande boule de Jupiter qu'elle fixe sans la voir.

Ce n'est pas possible !

Pourtant ...

Fatou consulte à la hâte les quelques autres messages non lus ... En voilà un autre ...

From	*Raja/8F3LMUU[CyBrain4G]*
To	*Fatou/2OD1THU[Médiatrice]*
Time	*2073-03-23, 16:13 UTC*

Message #547865898530

Private/Interpersonal/Owner: Raja/8F3LMUU[CyBrain4G]

שְׁנֵי שָׁדַיִךְ כִּשְׁנֵי עֳפָרִים, תְּאוֹמֵי צְבִיָּה, הָרוֹעִים,
בַּשּׁוֹשַׁנִּים

End of message

Et le TraDisc précise immédiatement :

Tes deux seins sont comme deux faons, jumeaux d'une biche qui paissent parmi les roses.

Le Cantique des Cantiques , chapitre 4, verset 5

Et encore, plus loin :

From	*Raja/8F3LMUU[CyBrain4G]*
To	*Fatou/2OD1THU[Médiatrice]*
Time	*2073-03-23, 16:47 UTC*

Message #547865950062

Private/Interpersonal/Owner: Raja/8F3LMUU[CyBrain4G]

שִׁנַּיִךְ כְּעֵדֶר הָרְחֵלִים, שֶׁעָלוּ מִן-הָרַחְצָה: שֶׁכֻּלָּם,
מַתְאִימוֹת, וְשַׁכֻּלָה, אֵין בָּהֶם

End of message

Le TraDisc n'a plus besoin d'injonction, il annonce spontanément :

Tes dents sont comme un troupeau de brebis qui remontent du bain,
formant deux rangées parfaites, sans aucun vide.
                    Le Cantique des Cantiques, chapitre 6 verset 6

Fatou reste un long moment immobile, le coeur battant, le feu au
visage. Abasourdie.

Un CyberCerveau lui fait des déclarations d'amour ...

Nibiru

En orbite basse autour de Ganymède
Le mardi 5 novembre 2075, 12:05 UTC.

La petite navette est encore collée au flanc du vaisseau, et ce dernier, pressurisé pour la commodité des équipes de techniciens qui, depuis des mois, l'ont équipé, testé, essayé, n'a pas encore été vidé de son atmosphère.

Le vaisseau Nibiru, conformément à la résolution de la conférence de Séoul du 6 novembre 2071, il y a quatre ans, quittera l'orbite qu'il parcourt autour du grand satellite Ganymède, pour un très long voyage qui l'amènera jusqu'au système binaire Enlil-Ninlil, qu'il atteindra le 4 mars 78.

Il a principalement deux missions.

La première est bien sûr d'étudier de manière approfondie le système binaire, le premier, après le couple Pluton-Charon, qu'un vaisseau spatial aura visité.

Ninlil, la plus petite du couple, est verrouillée en rotation sur Enlil, la plus grande : elle lui montre toujours la même face, comme la Lune par rapport à la Terre. Mais parce que ce n'est pas réciproque, Enlil se trouve soumis à un intense effet de marée provoqué par son petit compagnon, qui déforme ses roches internes à chaque révolution, toutes les 33 heures.

L'énergie dissipée dans le processus réchauffe Enlil, qui sans cela serait un astre mort. Les observations en ont bel et bien montré la conséquence : une activité tectonique et volcanique, et une riche atmosphère obtenue par le dégazage permanent des roches profondes.

Ce système double est ainsi un sujet de choix pour progresser dans la compréhension de tels astres, de leur genèse, de leur évolution.

La seconde mission de Nibiru est d'expérimenter la création d'une biosphère autonome durable. Les conditions manifestement favorables à la vie que présente Enlil, la plus grosse des deux petites planètes, vont permettre la mise en place d'un écosystème. S'il est suffisamment riche, pensent les spécialistes de l'Agence Mondiale pour l'Agronomie, il pourra s'auto-suffire à long terme, et évoluer vers un équilibre adapté à son environnement particulier.

Tant qu'il restera sur le sol d'Enlil, le CyberCerveau pourra surveiller les lents changements du système, et envoyer vers la Terre les résultats de ses observations. Lorsqu'il décidera de quitter le vaisseau, en transmettant au moyen de son puissant émetteur à rayons X tout le contenu de son esprit vers les grandes antennes de Lagrange 4, les capteurs automatiques qu'il aura laissés continueront de voir, de mesurer, et de communiquer vers la Terre.

Les scientifiques de l'Agence Mondiale pour l'Agronomie portent une attention toute particulière à cette expérimentation. En effet les mises en place, sous de grands dômes, d'écosystèmes contrôlés par l'homme sur Mars, la Lune, les grands satellites, se sont soldés par des échecs. Une majorité d'experts attribue cela au trop petit nombre d'espèces acclimatées, à la trop faible biodiversité, qui rend les milieux très fragiles.

Une autre raison invoquée est l'incorrigible interventionnisme des humains, qui ne peuvent s'abstenir, dès les premiers symptômes d'un changement qu'ils jugent néfastes, de modifier le système, d'ajouter ou de retirer des microorganismes, des plantes, des prédateurs, d'épandre des produits chimiques censés corriger les problèmes réels ou supposés.

La mission Nibiru emporte de puissantes machines de construction qui pourront, à partir des matériaux trouvés sur place, bâtir les vastes abris nécessaires au démarrage du premier biotope. Sa cargaison contient par ailleurs des centaines de milliers d'espèces vivantes, qui voyageront sous forme de spores, de graines, d'oeufs, d'embryons congelés, et pour certains, de simples fichiers contenant l'intégralité de leur patrimoine génétique.

La tâche principale du CyberCerveau, dès son arrivée, sera de démarrer l'armée de robots qui construiront les abris, prépareront les sols, feront éclore et pousser un foisonnement d'organismes vivants.

L'orbite très étirée d'Enlil et de Ninlil, qui s'éloigneront jusqu'à 300 fois la distance de la Terre au Soleil, et ne reviendront que dans 2500 ans, garantira, mieux que n'importe quelle règlementation, que les humains ne viendront pas perturber l'oeuvre inéluctable de la sélection darwinienne.

Tout est en place, les grands conteneurs de fret sont verrouillés, le système automatique de monitoring a déjà été activé, les dernières vérifications des propulseurs ioniques sont terminées depuis longtemps.

La fermeture du sas, la déconnexion de la navette, la dépressurisation du vaisseau et l'allumage des moteurs sont prévus dans moins de 30 minutes mais Fatou/2OD1THU[Médiatrice] s'attarde encore. Elle sait bien sûr que le dialogue avec un CyberCerveau n'est pas moins réel ni moins tangible depuis le poste de contrôle que depuis l'intérieur du vaisseau, mais ses tripes lui disent qu'ici, à quelques mètres de l'endroit où est cachée la boîte noire qui est le cerveau de Nibiru, tout près, elle pourra mieux qu'ailleurs lui prodiguer les dernières recommandations, les derniers encouragements.

Fatou ne peut se résoudre à tourner les talons, à regagner le siège enveloppant de la navette, et à regagner la base Tros, sur le sol gelé de Ganymède, comme cela, comme elle quitterait la console d'un calculateur.

Elle a élevé deux CyberCerveaux, depuis des mois, elle leur a prodigué les meilleurs soins, dialogué, expliqué, discuté. Presque comme elle l'aurait fait pour des enfants. Des enfants surdoués, souvent incontrôlables, géniaux. Sans jamais caresser une peau, ni sourire à une frimousse. Mais elle s'est attachée quand même.

Et maintenant, l'un d'eux part pour un voyage lointain, dont il ne reviendra, s'il le décide, que dans longtemps, porté par les ondes, pour revivre, peut-être, dans un autre corps de silicium, de métal, de carbone …

Le choix n'a pas été difficile, entre les deux.

Depuis la fin du mois de mars, Raja/8F3LMUU[CyBrain4G], qui avait depuis longtemps montré un caractère sensible, romantique, imaginatif, s'est pris de passion pour Fatou, l'inondant de messages galants, réclamant sa présence en vue directe de ses caméras, à portée d'écoute de ses microphones, suffisamment proche pour que ses spectromètres de masse puissent humer son odeur.

Un amour nécessairement platonique, mais intense, total. Les analyseurs montraient que le champ de conscience du CyberCerveau était progressivement envahi par cette passion, au détriment de son apprentissage des connaissances indispensables pour la mission.

Lorsque Fatou, épuisée, harassée par ses avances incessantes, a fini par très fermement l'éconduire, Raja/8F3LMUU[CyBrain4G] a extrêmement mal réagi, passant par des colères et des cajoleries, pour sombrer enfin dans un état de pure paranoïa.

Lorsque Fatou a compris que Raja avait piraté sa messagerie, pourtant soigneusement cryptée, elle a décidé de mettre un terme à ces problèmes et demandé le déclassement du CyberCerveau devenu complètement irrationnel. La Commission lui a donné raison, reléguant Raja/8F3LMUU[CyBrain4G] dans l'équivalent d'un centre psychiatrique.

C'était la semaine dernière.

Pendant ce temps, l'autre CyberCerveau, Axon/ 83Y4OP8[CyBrain4G], le sage, le rationnel, le concret, avait ingurgité tout ce qu'il devait apprendre pour diriger la mission Nibiru.

La Commission a donc tranché, et, selon la procédure, Axon/ 83Y4OP8[CyBrain4G] est devenu Nibiru/83Y4OP8[CyBrain4G], et le vaisseau est à proprement parler devenu son corps.

Pour Fatou/2OD1THU[Médiatrice], Axon a été tout au long de ces mois de formation, d'apprentissage, comme un enfant sérieux et prometteur, un élève sage bien qu'un peu trop conforme à ses yeux. Elle sait qu'il accomplira sa mission avec application, même si, peut-être, il le fera sans grande créativité ni imagination. Fatou n'en a pas moins développé une grande affection pour cet enfant presque immatériel qui parle par des haut-parleurs et voit par des caméras.

Il va falloir partir, maintenant. La voix du vocodeur d'Axon/Nibiru lui dit adieu, et Fatou sent monter l'émotion. Entre ses longs cils perle une larme qui, dans l'apesanteur du vaisseau, ne roule pas sur sa peau noire mais reste un instant sur sa paupière tremblotante avant qu'elle ne l'essuie du dos de sa main gantée.

Puis elle progresse gauchement dans l'étroit sas qui sépare encore Nibiru de la petite navette. Les portes se ferment et se verrouillent, des lampes clignotent. Elle entend le sifflement de l'air qui quitte le vaisseau, puis le claquement des bras métalliques qui séparent la navette. Ses trois coéquipiers se congratulent, échangent de grandes tapes dans le dos, avant de voir sa mine défaite. Les voilà soudain plus sérieux. Ils comprennent.

La petite navette s'est éloignée suffisamment pour ne pas être dans l'alignement des tuyères des propulseurs ioniques de Nibiru.

Fatou s'est installée et sanglée dans le siège à côté du pilote. Sur l'écran du petit moniteur en face d'eux, elle voit la grande masse de Nibiru s'éloigner, accélérer.

Peut-être pour toujours.

www.lesesprits.fr/5novembre2075

Vers Les Jumelles

ᚢᚤᚲᛊ ᚠ ᛁᚻᚾ ᚤ᚛ ᛚᛚᛊ ᚾᚤ᚛

Sur Japet, 23°N, 17°W
Le 317ème Cycle du Monde des Esprits
Le 20 janvier 2076 des humains

Ptahi jette un dernier long regard à la surface glacée de Japet qui se déroule jusqu'à la monumentale crête équatoriale du grand satellite, menaçante comme une gigantesque muraille qui barre l'horizon. Il lève ensuite ses gros yeux vers l'immensité obscure où brille un lointain soleil, et où se découpent, comme une auréole aplatie et iridescente autour d'une tête sombre, les anneaux de Saturne. Engoncé dans son scaphandre et embarrassé par le gros globe transparent de son casque, il se laisse porter par le petit robot qui le hisse sans mal jusqu'au sas qui lui permet d'accéder au grand vaisseau ᛒᛒᛟᚾ.

Ses compagnons, les Conquérants, sont déjà installés. Ce sont tous des jeunes, éclos dans les couveuses automatiques de la Base 7, sur ᛟᚾᚢᛚᚲᛑ, le Monde des Esprits, que les humains appellent Titan.

Ils n'ont pas connu, eux, les stations orbitales de ᚢᚲᚢ ᚠ, la Planète Bleue, son atmosphère ouverte jusqu'au ciel, qu'aucun dôme ne protège, ni du vide, ni de gaz suffocants, irrespirables, comme ceux qui entourent Titan. Ils n'ont pas connu la luxuriante diversité des êtres vivants de ᚢᚲᚢ ᚠ, qu'aucune Machine-qui-Pense ne doit contrôler, ni ne peut contrôler.

Leurs oeufs ont été pondus ici, sur les satellites qui orbitent autour de ᚾᛊᛒ ᚠ, la Planète Couronnée, que les humains appellent Saturne.

Ils ont toujours connu les grands dômes édifiés par les premiers robots malhabiles, conçus par les humains, qui sont arrivés en pièces détachées sur Titan dans la soute du vieux vaisseau Clarke, prévu initialement pour transporter les soixante-quatre Anciens jusqu'au satellite Europe de Jupiter.

Ils ont connu les jardins bien ordonnés des Bases 9 et 17, les rangées de plantes en bacs, arrosées automatiquement, dont les racines blanchâtres pendaient dans le liquide nourricier que les machines produisaient à partir des hydrocarbures pompés dans les mers de Titan. Les rangées d'immenses projecteurs accrochés aux voûtes, leur lumière bleutée, et le va-et-vient des petits robots dans les allées.

Ils ont assisté, impuissants, au dérèglement de leur biotope, à la mort des plantes. Ils ont du fabriquer leur nourriture directement, à partir des éléments trouvés dans le sol et dans les nuages de Titan, sans plus dépendre des organismes rapportés depuis ⵣⴾⵔ ⴲ, la Planète Bleue.

Lui, Ptahi, est le seul parmi les Anciens à embarquer sur le vaisseau ⴱⴱⵔⴸ. Tous ses jeunes compagnons, les Conquérants, sont impatients de partir. Ils ont laissé sans regret ⵓⵜⵣⵍⴾⴲ, le Monde des Esprits, Titan, et se sont regroupés sur ⵣⵣⴾⴻ ⴲ, Japet, une grande lune extérieure, désolée et étrange, hors de l'influence des Anciens survivants, nostalgiques de la Planète Bleue.

Le voilà installé parmi eux, dans la grande cabine de l'immense vaisseau qu'ils ont créé pour fuir les lunes de Saturne. Ptahi est, incontestablement, leur chef, leur guide, leur modèle.

Il est ⵣⴲⵣ ⴾⴾⵜⵓⵏ, la Tête des ⴾⴾⵜⵓⵏ, les Conquérants.

L'agitation est grande autour de lui. Ses compagnons s'affairent, échangent avec les Machines-qui-Pensent, vérifient tous les détails avant le départ. Il ne les regarde pas, il est tourné vers le hublot, immobile.

Il doute. Il est pris, confusément, par un sentiment qui ressemble à du regret, ou peut-être du remords. Son grand casque globulaire est posé à côté de lui, sur le sol de la cabine, et sa grosse tête qui émerge de son léger exosquelette balance doucement alors qu'il pense.

Le bruit et les conversations qui s'entrecroisaient derrière lui, faites de couinements et de grincements volubiles, se taisent peu à peu, lorsqu'ils prennent conscience, tous, de son attitude étrange.

Lui ne se rend compte de rien, ni du soudain silence que ne perturbe plus que le bruit menu des robots qui continuent d'évoluer en tous sens, ni de toutes les têtes tournées vers lui.

Sa peau livide, bleuâtre, un peu violacée, presque blanche, trahit son mal-être.

Il se souvient - mais comme c'est loin déjà - des humains, des innombrables humains qui se pressent sur leur fertile planète. De leurs dissensions, de leurs préjugés, de leur diversité. De Marius/ 5PV8NZU[Bioticien], aussi, le premier humain dont il a croisé le regard, là-bas dans le laboratoire de Lagrange 5, lorsqu'il a éclos. Ce mâle humain aux grandes mains fermes qui l'a porté. Qui s'est occupé de lui.

Ptahi se souvient avec douleur du jour où le vocodeur de la cabine lui a annoncé sans ménagement la mort de Marius, dans le tristement célèbre accident de décompression du module #7 de Lagrange 5, qui a fait des dizaines de morts humains. C'était le 3 septembre 2053, juste au moment où la Terre éclipsait le Soleil et où la grande station spatiale était plongée dans l'ombre.

Ptahi en conserve un souvenir très vif, absolu. Il en a mémorisé les images, avec une précision holographique. La douillette cabine, les cloisons métallisées, la lumière tamisée, le vocodeur discrètement encastré dans le coin, au ras du plafond, les images 3D de la catastrophe qui surgissent en avant de l'écran de la console. Les battements frénétiques de son coeur, sa douleur. Il n'a plus jamais été le même.

C'est à partir de ce moment-là que lui, que les humains appelaient Ptahi/4PFL2IA[Esprit], a commencé à perdre confiance.

Le rejet des Esprits par une partie des humains, leur spécisme, les rivalités croissantes, jusqu'en 2056, ont fait de lui un ardent partisan du départ des Esprits. L'opportunité s'est présentée lorsque les humains ont décidé d'accoster l'astéroïde Shiva porteur de richesses minérales considérables, et d'y prélever des métaux précieux pour les acheminer jusqu'aux lunes de Jupiter.

Ptahi, qui prenait à l'époque part à la mission Nabû en orbite autour de Mercure, a dû saboter le vaisseau pour provoquer un retour anticipé et embarquer avec ses congénères.

Il a dû se durcir, être cruel. Insensible.

Suivre, uniquement, les préceptes de Raison, ne pas écouter les tiraillements d'une conscience conditionnée depuis son éclosion par les valeurs morales des humains.

Puis il a très activement participé au détournement du vaisseau Clarke vers Saturne, aux temps difficiles de l'installation sur le grand satellite Titan, à la précarité de leurs premiers abris improvisés avec les moyens du bord, à la réutilisation des machines initialement prévues pour Europe, des stocks de plantes et d'animaux en vie suspendue, des matériaux accumulés dans les soutes.

Et puis, il a fallu, et cela s'est avéré le plus difficile, composer avec Turing/W815ZEFT[CyBrain], le CyberCerveau des humains qui était chargé, entre autres choses, de gérer le vaisseau Clarke.

Turing qui a été créé par les humains, s'est montré réticent lorsqu'il s'est agi de détourner la cargaison de métaux précieux et de Terres Rares de Shiva. N'est-ce pas contraire au Three Laws of Robotics Act, qui interdit à tout CyberCerveau de "porter atteinte à un être humain, ou, en restant passif, permettre qu'un être humain soit exposé au danger" ?? Le vol de ces richesses ne va-t-il pas provoquer de graves troubles dans les colonies de Ganymède, Europe, Callisto, et même sur Mars et sur Terre ? Mettre des humains en péril ?

Les Esprits les plus brillants se sont mobilisés pour convaincre Turing/W815ZEFT[CyBrain] de les aider, usant de tous leurs trésors de réthorique, de logique.

Si Turing avait été, à l'époque, aussi intelligent que ne le sont les Machines-qui-Pensent de maintenant, les Esprits n'auraient pas pu le rallier à leur cause.

Mais Turing/W815ZEFT[CyBrain], qui avait été conçu pour résoudre des problèmes factuels, concrets, et qui n'était pas à l'aise dans les débats d'idées, s'est finalement plié aux volontés des Esprits.

C'est sur sa base que, depuis, Bahô, Rhpui, et leur équipe ont pu créer les Machines-qui-Pensent autoréplicatrices.

Et Ptahi, dès que les difficultés sont apparues sur Titan, et que les biotopes nourriciers ont commencé à décliner, a pris la tête des ᛕᛕ╋Oᗑ, les Conquérants, le parti de ceux qui veulent pousser plus avant l'exploration du Système Solaire, coloniser les planètes naines lointaines, Pluton, Eris, Makémaké, Sedna, Hauméa …

… et bien sûr le couple de planètes naines repérées par les humains dès l'année 2022 de leur calendrier, il y a de nombreux Cycles …
ᚫᚱ ᒋᒋᛃ ÷ᚦᚱ, les Jumelles, celles qu'ils appellent Enlil et Ninlil.

Et le projet d'émigrer vers les Jumelles et de les coloniser est devenu, pour les Conquérants, le but à atteindre, l'idée rassembleuse.

Ils se sont mis à la tâche, malgré l'opposition des Anciens et de leurs partisans, les conservateurs, ᖻᛡᛡᒧᛃ, tous ceux qui ont, peu à peu, rejoint le mouvement des Terriens.

Des Cycles et des Cycles se sont écoulés depuis, et les Conquérants ont perfectionné leurs Machines-qui-Pensent, jusqu'à l'accident de ≡= ᒐᐱᛕᚸᛘᖻ , la Machine-qui-Pense n°23, qui, il y a 80 Cycles déjà, a tué des Anciens, avant de se suicider en détruisant tous ses hardwares.

La situation n'a fait qu'empirer depuis, les positions se sont durcies. Pourtant, Raison merci, un consensus s'est installé : les Conquérants

quittent les lunes de Saturne pour coloniser les Jumelles, et emportent les matériaux et les robots dont ils auront besoin, les machines à faire la nourriture, celles qui savent puiser dans les gisements d'hydrocarbure et synthétiser les molécules organiques essentielles à la vie des Esprits.
Ils emportent une Machine-qui-Pense autoréplicatrice, −ⴹ LΛЄƎĦⵖ, et s'engagent à euthanasier les autres. Ils pourront ensuite conquérir d'autres planètes naines, en fonction des opportunités, des ressources, de leur démographie. Les énormes distances, les interminables durées de révolution de ces astres garantiront pour longtemps aux Conquérants qu'ils ne seront pas, avant longtemps, importunés ou concurrencés par les Humains.

ⵖᴗ̇ᴗ̇⊥ⵊ, les "Terriens", quant à eux, gardent la liberté de conserver Titan et les autres lunes de Saturne. Mais Ptahi et ses compagnons savent très bien que leurs meneurs, le groupe d'Anciens qui a conservé, depuis la fondation de la colonie sur Titan, une emprise considérable sur d'autres Esprits plus jeunes, caressent depuis longtemps le projet de retourner vers la Planète Bleue. Ptahi connait leur intention de réutiliser l'ancien vaisseau Clarke, parqué sur une orbite de garage au point L4, en avance de 60° sur Titan, sur son orbite autour de Saturne.
Il sait que leur départ est maintenant imminent.

Mais qu'importe, eux, ⴽⴽⵜⵔⵛ, les Conquérants, quittent Saturne, et le souvenir douloureux de l'échec de leur colonie sur Titan.
Lui, Ptahi, ne doit pas repenser au passé, seule Raison, la Toute-Puissante, doit le guider, et les regrets, les nostalgies, sont des artifices de Chaos qui ne doivent pas le détourner du grand projet.

Ils vont là-bas, occuper la plus grosse des deux Jumelles, celle dont les entrailles se tordent sous les effets de marée de la plus petite, et qui rayonne de la chaleur et des gaz, qui exhale des hydrocarbures, source de nourriture et de vie pour les Esprits. Sa compagne, dépourvue d'atmosphère, elle, fera un excellent point d'observation où installer les grands télescopes et les capteurs qui permettront aux Esprits de s'assurer qu'il ne seront jamais dérangés.

Mais il faut partir. Dès maintenant, car le grand observatoire installé ici sur Japet a détecté il y a 4 Cycles le départ d'un vaisseau des humains depuis le plus grand satellite naturel de Jupiter, Ganymède. Au bout d'un Cycle, ses paramètres orbitaux ont pu être calculés, et il en a été conclu que ce vaisseau était envoyé vers les Jumelles.

Il n'était plus possible d'attendre, il fallait arriver à mettre le pied sur les Jumelles avant les humains, et détruire leur engin avant qu'il ne puisse se poser.

Les préparatifs se sont accélérés, et les voilà qui partent. La Machine-qui-Pense, ⵉ LΛⵉꞀⵀⵣ, profitant de l'urgence et de la confusion, a d'autorité, avec un bel aplomb, installé son hardware dans la meilleure cabine, celle qui est la plus éloignée des 4 grandes unités de propulsion et des radiations mal filtrées qui pourraient en émaner. La mieux protégée des rayons cosmiques, la plus vaste.

Etait-ce une bonne idée de créer un machine si intelligente ? Raison seule le sait !

Repris par les doutes, mais conscient d'être dans un moment crucial, Ptahi se secoue, bat brièvement de ses membranes nictitantes, comme pour se débarrasser des idées négatives qui obscurcissent son jugement. Puis il tourne la tête, comme une tourelle qui pivote sur ses épaules. Tout autour de lui, ses jeunes compagnons sont silencieux, leurs peaux vert pâle, leurs gros yeux à la pupille fendue braqués sur lui. Lui, leur guide.

Il faut partir.

Ptahi s'approche de la console, sur laquelle, symboliquement, comme dans les premiers vaisseaux des humains, avant l'avènement des machines intelligentes, trône un gros bouton rouge.

www.lesesprits.fr/20janvier2076

Le Réseau Ultra Large

…Quelques heures plus tard, le 21 janvier 2076, 13:43 UTC
Module #17 du Géostat, 17° de longitude Ouest

Il y a déjà 74 minutes que RapaNui/QAPHU3L[CyBrain] a détecté quelque chose d'inhabituel. Mais les données disponibles que lui a fourni le Réseau Ultra Large restaient encore insuffisantes pour qu'il puisse comprendre quel phénomène était en jeu.

Il fallait que le grand réseau d'antennes réparties sur toute la circonférence du Geostat[9], l'immense anneau en orbite qui cercle le globe terrestre, suspendu 35786 kilomètres au-dessus de l'équateur, continue à observer, à collecter des informations, pour que RapaNui puisse arriver à un diagnostic.

Le tout nouveau Réseau Ultra Large, le RUL comme l'appellent les astronomes, a été construit en deux ans seulement, grâce à une coopération très active - une fois n'est pas coutume - entre ASIA et NATO. Les 360 groupes de télescopes qui le composent sont répartis de degré en degré sur tout le pourtour du grand anneau géostationnaire, comme des perles sur un collier. Comme le Géostat tourne autour de la planète exactement en 24 heures, chacun de ses points reste en permanence à la verticale d'un point correspondant sur l'équateur terrestre.

Afin que toutes les nations puissent avoir accès à l'ensemble des données collectées par tous les télescopes, même ceux qui ne seraient pas situés au-dessus de leur territoire, une coopération internationale était indispensable. Le Conseil des Nations, qui bien souvent rencontre des difficultés à conjuguer les efforts de NATO, d'ASIA,

---

[9] Le Géostat : voir l'article de Wikicycla, page 179

d'UNAFRI et des non-alignés, a pu cette fois se contenter de ne jouer qu'un rôle de coordination administrative.

Les travaux ont ainsi été rapides et efficaces, et le Réseau Ultra Large a été mis en service début décembre 2075, il y a moins de deux mois.

C'est lui, RapaNui/QAPHU3L[CyBrain], le premier CyberCerveau de Quatrième Génération conçu dans les laboratoires d'un non-aligné, la Principauté de l'Ile de Pâques, qui a été chargé de piloter cette nouvelle merveille de technologie, destinée non seulement à explorer le ciel profond, étudier les galaxies lointaines, mais aussi procéder à des analyses ultra-fines des corps du Système Solaire.

Les dirigeants les plus influents d'ASIA et de NATO se sont étonnés qu'une si petite nation ait pu, en si peu de temps, créer elle aussi des CyberCerveaux 4G[10] dont les performances n'ont rien à envier à ceux des grandes puissances, si l'on en croit les résultats du test normalisé Ramatajia-Coleyn, pour lesquels RapaNui a brillamment atteint une note de 65 !

Mais ni les process de fabrication, ni la durabilité des matériaux, ni les protocoles d'intégration des sous-systèmes ne peuvent être mis en doute.

Force est de constater que les dirigeants de la Principauté on su, par la souplesse de leur fiscalité, leur adaptabilité, l'absence de lourdeur administrative, attirer les meilleurs experts, acquérir les meilleurs équipements, et motiver au mieux les scientifiques. Leurs hôtes pascuans les ont installés dans un grand bâtiment hyper-luxueux, hyper-moderne, perché sur la butte qui domine la célèbre plage d'Anakena, au nord de l'île. Depuis les grandes baies vitrées, les bioniciens, les cybernéticiens et les mathématiciens du projet peuvent, à la pause, contempler l'océan immense, ou, à leur gauche, l'anse sablonneuse et l'alignement des grands moaï. Leurs colossales

---

[10] Les CyberCerveaux 4G : voir l'article de Wikicycla, page 143

silhouettes taillées dans le tuf volcanique noir, et coiffées de blocs de tuf rouge, majestueuses dans leur masse et leur immobilité, leur donnent une idée de permanence et de repos qui contraste étrangement avec l'agitation intense des laboratoires.

C'est là que RapaNui/QAPHU3L[CyBrain] est né. Sa conscience du temps qui passe, de la durée, est différente de celle des humains. Il peut, lui, décider d'oublier, ou de se souvenir. Et il a conservé, bien que l'IIP, l'Indice d'Importance Pratique, en soit faible, le souvenir de l'île de Pâques, et des grandes statues du passé.

Lorsque RapaNui a pris le contrôle du RUL, le Réseau Ultra Large du Géostat, il a, après les indispensables routines de calibration, procédé à un examen détaillé de toutes les stations et colonies humaines visibles sur Mars, la Lune, et les trois grands satellites habités de Jupiter. Il a rapidement découvert sur Cérès, la planète naine qui orbite entre Mars et Jupiter, dans la grande ceinture d'astéroïdes, une installation illicite non déclarée au Conseil des Nations, probablement un avant-poste de la station d'étude Déméter installée par NATO il y a quelques jours. Après une fraction de seconde d'agacement, RapaNui transmet l'information au Comité de Contrôle.

Puis RapaNui, parce les experts du Conseil des Nations le lui ont recommandé, mais aussi pour assouvir sa propre curiosité, a braqué ses télescopes sur Saturne et ses satellites. Là où, il le sait, les Esprits ont migré, et où ils sont probablement restés. Les analyses combinées provenant des 172 télescopes du réseau que RapaNui/QAPHU3L[CyBrain] a utilisés pour l'opération lui ont alors permis d'atteindre une qualité d'image, un pouvoir séparateur inégalés jusqu'alors.

Il a tenté de cartographier Titan, au moyen de ses télescopes optiques, sans grand succès toutefois car l'atmosphère du satellite est bien trop épaisse et opaque pour qu'il puisse distinguer des structures au sol. Les radiotélescopes et les télescopes en infrarouges ont été plus efficaces, et RapaNui a pu vaguement distinguer de grandes installations géométriques, des dômes, et des grandes voies qui les relient.

Les images des autres grands satellites de la planète Saturne sont, elles, de bien meilleure qualité. Sur Encelade, Téthys et Rhéa, RapaNui découvre des installations. Les Esprits sont venus là.

Sur Japet, le plus extérieur des grands satellites, celui qui montre une étrange crête montagneuse qui marque son équateur, le CyberCerveau décèle de nombreuses structures. Des bâtiments.

… et … du mouvement ?

Cela fait plus d'une heure que RapaNui/QAPHU3L[CyBrain] scrute la surface de Japet. Une tache, une macule, à la limite du pouvoir de séparation des télescopes, a bougé.

Maintenant il en est sûr : depuis quelques minutes, un objet massif, un vaisseau de grande taille a quitté le satellite.

Le 23 janvier 2076, 21:53 UTC

Module #17 du Géostat, 17° de longitude Ouest

Depuis 56 heures et 10 minutes, RapaNui/QAPHU3L[CyBrain] suit la trajectoire du vaisseau qui a quitté Japet, en relevant les positions avec le plus de précision possible. Les processeurs quantiques auxiliaires de RapaNui n'ont pas cessé de calculer et de recalculer, tentant d'évaluer la trajectoire et de déterminer ses paramètres orbitaux.

Le CyberCerveau a bien sûr transmis les données au fur et à mesure à l'équipe d'humains du laboratoire de calcul de Lagrange 4, mais les résultats étaient trop imprécis encore pour qu'une conclusion puisse être tirée.

Mais maintenant, le doute n'est plus possible. RapaNui/ QAPHU3L[CyBrain] est arrivé à une presque certitude : avec un taux de confiance de 94%, il lui est possible d'affirmer que le mystérieux vaisseau des Esprit qui a quitté Japet parcourt une orbite très excentrique, qui lui permettra de croiser la route des planètes jumelles Enlil et Ninlil le 12 septembre 2077, selon les meilleures estimations du moment.

Près de 6 mois avant le vaisseau Nibiru, parti de la Terre il y a 79 jours !!

C'est la stupeur … Des Esprits sont en voyage vers Enlil et Ninlil. Vont-ils seulement les étudier, y installer une station d'observation, comme vont le faire les humains, ou s'agit-il, comme la taille apparente du vaisseau le laisse craindre, d'un projet de colonisation ?
En quelques instants, les canaux de communication des humains sont surchargés de messages qui s'entrecroisent, les réseaux sociaux sont en effervescence, les media s'emparent eux aussi de la nouvelle.

... Les Esprits veulent occuper les planètes doubles avant les humains, c'est parce qu'ils y ont détecté des richesses inouïes….

... Non, c'est un vaisseau automatique chargé de détruire Nibiru lorsque ce dernier arrivera à son tour. ....
....Mais non, les technocrates du Conseil des Nations ont conspiré avec les leaders des Esprits et une réunion diplomatique secrète est prévue sur Enlil….

Les ragots, les polémiques vont bon train...

Et tandis que les autorités tentent de rétablir le calme en publiant un communiqué rassurant dont la vacuité trahit leur ignorance, les media ont déjà trouvé un nom au vaisseau des Esprits :

Belzébuth…

Clarke

ᚤᚤᏦᏋ᛬ᚱᛀ ᛖᛖᚪᚱᚢᏞᚤᛖᚎ

Vaisseau Clarke, Point de Lagrange L4 du système Saturne/Titan
Le 318ème Cycle du Monde des Esprits
Le 4 février 2076 des Humains

ᏦᏦᛏᏑᏉ, les Conquérants, sont partis. Ils avaient tout d'abord abandonné le Monde des Esprits, Titan, ses dômes souillés par les moisissures et ses jardins dévastés par les maladies. Ils se sont installés sur Japet, un autre grand satellite de ᛬Ꮛᛕ Λ, la Planète Couronnée, le Saturne des Humains. Japet, plus éloigné, nu, étrange. Inhospitalier, sans atmosphère utilisable, de roches et de glaces. Ils y ont créé un monde artificiel, de carbone et de métal, et y ont synthétisé la nourriture que les plantes et les animaux rapportés de ᚤᏦᏘ Λ, la Planète Bleue, ne parvenaient plus à leur fournir.

Mais leur vie était difficile sur Japet, et leur ambition était d'aller plus loin, beaucoup plus loin.

Vers un monde nouveau, vierge, isolé. Un nouveau Monde des Esprits. Une planète neuve dotée d'une atmosphère, où ils pourront tout refaire, recréer, reprendre. A leur manière, sans tenir compte de l'héritage honni de la Planète Bleue.

Ils ont jeté leur dévolu, évidemment, sur ᚱᛀ ᚱᚱᏋ ᛬ᚱᛀ, les deux planètes jumelles qui traversent la zone centrale du Système Solaire, comme une pierre dans une fronde, et qui vont repartir vers les espaces glacés. La plus grande des Jumelles sera pour eux un espace chaud, un cocon protégé par une atmosphère. Une petite planète riche des éléments primordiaux dont ils vont avoir besoin pour construire leurs abris, leurs machines, fabriquer leur nourriture : de l'eau, des composés azotés, du carbone, des métalloïdes et des hydrocarbures, et une palette de métaux variés. Tout ce qu'il faut pour recréer un monde. Un nouveau Monde des Esprits, le troisième après la Planète Bleue de leurs origines et ꙅ÷ꙋ⅃ʞꙄ, Titan.

La vie des Conquérants était devenue pénible, et la coexistence sur Titan impossible avec ꙋꙅꙅ⅃ꙶ, les Terriens. Ptahi, le meneur, n'a pas eu de mal à convaincre ses partisans qu'il fallait partir dès que le vaisseau serait prêt.

Il a toutefois fallu convenir avec les Terriens des modalités du partage des ressources disponibles, afin d'éviter un affrontement violent, fait de cyber-attaques entre les machines intelligentes des deux factions, de sabotages, de destructions.

Le grand vaisseau ꙄꙄOꙄ a enfin été achevé sur la surface désolée de Japet, avec le concours des infatigables robots et de leur maître, —ꓱ ⅃ʌꑼꑼꙋ, la Machine-qui-Pense.

Il y a presque deux Cycles, les Conquérants ont quitté les lunes de Saturne.

La vie n'en a pas été plus facile pour ceux qui sont restés, les Terriens. Il était exclu de tenter de recréer, ici sur Titan, à partir des espèces vivantes rapportées de la Terre, un monde biologique auto-suffisant, équilibré et harmonieux. Rester aurait imposé de se passer des organismes vivants et de recréer, par voie chimique, complètement, tout ce dont les Esprits peuvent avoir besoin. Leur nourriture, mais aussi leurs médicaments. Aussi, les souches de microorganismes utilisées pour leurs prothèses bioniques, les processeurs organiques autoréplicants de leurs machines, tout cela devrait être remplacé à grand peine par des composants synthétisés, plus purs, mieux maîtrisés, mais dont la complexité moindre interdira toute évolution darwinienne des systèmes, toutes les inventions, géniales ou désastreuses de Hasard (honni soit-il…) .

Pour le meilleur, peut-être, le pire, sûrement.

L'alternative, prônée par les Anciens qui ont éclos sur la Planète Bleue ou ses stations spatiales, était de revenir vers le centre du

Système Solaire, de reprendre contact avec les Humains. Sur de nouvelles bases.

D'égaux à égaux, malgré la supériorité démographique écrasante des humains.

Gôô, Krah et les autres qui les ont côtoyés savent que le petit nombre des Esprits, dès les tous premiers contacts, a su peser lourd dans les décisions humaines. Leur espèce, qui dans les âges anciens a longtemps survécu à un environnement considérablement plus hostile que celui qu'a connu l'humanité, n'a pu le faire que parce que l'intellect des Esprits, par sélection naturelle, est devenu tout aussi, voire plus puissant que celui des plus brillants humains.

Il y a quelques Cycles, peu après le départ des Conquérants, le Conseil des Anciens s'est réuni au Sanctuaire, dans la Base 17, sur Titan.

Ils ont alors, enfin, décidé qu'ils allaient quitter les lunes de Saturne, et revenir vers la Terre, vers Mars, ou à défaut vers les grands satellites de Jupiter. Renouer avec les humains.

Retrouver ⵣⴽⵍ ⴰ, la Planète Bleue de leurs origines, son ciel que l'on peut contempler autrement qu'à travers un casque ou une coupole, ses myriades de plantes et d'animaux. Et le vent et les fleuves. Mais aussi le grouillement des humains qui blasphèment Raison, leurs tumulte, leur folie.

Le Conseil a longuement discuté des modalités d'un retour. Comment les Esprits, après leur départ qui a dû ressembler à une fuite, et le vol du vaisseau Clarke et des richesses collectées sur l'astéroïde Shiva, vont-t-ils être accueillis par les humains ?

Humil, Gôô, et Krah ont exclu une arrivée en force, une "guerre des mondes", un affrontement par le biais des puissantes Machines-qui-Pensent. Elles sont pourtant, très probablement, d'après les meilleurs experts de la Base 14, en mesure de submerger et de prendre le pouvoir sur les vulnérables réseaux de communication ouverts des humains. Leur Free Information Act est à la fois la force et la faiblesse de leur espèce. Toutes les marchandises intellectuelles que produisent les humains sont libres d'accès. De l'avis de Gûûn, de Krah et des autres qui sont versés dans ces choses, une cyber-guerre permettrait aux Esprits de dominer aisément la Planète Bleue.

Dans leur majorité, les ⅄ʘʘ⅃ɹ, les Terriens restés sur Titan, n'auraient pas eu de scrupules à agir de la sorte, si le résultat net avait eu une probabilité élevée d'être positif. Leur éthique est utilitaire : est juste et bon ce qui est efficace, collectivement, pour l'espèce.

Mais l'intérêt d'un coup de force était discutable : une hégémonie des Esprits sur les humains ne semblait pas souhaitable pour les membres du Conseil. A quoi bon échanger l'inconfort matériel de Titan contre un plus grand confort matériel sur Terre, s'il est assorti des complications d'un état policier, des restrictions constantes, de la coercition, du contrôle omniprésent sur une foule d'humains qui finira, nécessité fait loi, par trouver le moyen de se révolter ?

Non, il fallait procéder autrement, venir avec des monnaies d'échange.

Depuis des Cycles déjà, les grandes antennes que les Esprits ont installées sur le satellite Encelade écoutent les rayonnements radio ténus provenant des colonies des humains. Les distances considérables et la faiblesse extrême des émissions qui parviennent jusqu'à Saturne rendent cet espionnage difficile, mais les informations parcellaires glanées par les enregistreurs robot coïncidaient : l'économie des humains souffre de ne pas avoir eu accès aux richesses minérales du providentiel astéroïde Shiva, qui a traversé le Système Solaire et est passé au plus près à l'été 2058. D'autant plus que les économistes et les spéculateurs avaient anticipé et préparé le déplacement d'équilibre que ne manquerait pas de provoquer le déversement sur le marché de stocks importants de métaux précieux, Platine, Iridium, Osmium, mais aussi et surtout de Terres Rares, ces éléments chimiques devenus indispensables aux technologies avancées.

Ces Terres Rares, ce sont les Esprits qui les détiennent, après avoir détourné le vaisseau Clarke. Les Conquérants en ont emporté vers les Jumelles, mais l'essentiel de la cargaison de Clarke est encore ici, intacte, dans les soutes du vieux vaisseau. Il était resté parqué en orbite de garage autour de Saturne, au point de Lagrange L4. Les machines automatiques sont venues, parcimonieusement, prélever ce dont les Esprits avaient besoin.

Mais, essentiellement, le trésor est presque intact. Il représente une valeur inestimable pour l'humanité. Les Esprits ont donc une monnaie d'échange, un cadeau pour les habitants de la Planète Bleue. La cause était entendue, le Conseil des Anciens réuni au Sanctuaire, sur Titan, a ainsi décidé de revenir vers la Terre.

Aussi, depuis quelques Cycles, les robots automatiques sont venus vérifier la coque, remplacer les propulseurs, réparer et entretenir Clarke. Les précieuses Terres Rares vont permettre aux ⵏⵓⵓⵍⴵ de revenir la tête haute vers les humains, qui ont besoin de leur trésor. Il y aura de la place pour tous. Les humains, après le départ des Esprits, auront eu le temps de tirer les conclusions, de réfléchir à la manière dont leur coexistence aurait pu mieux se passer. La Planète Bleue est grande, bien plus grande que ne l'est Titan, et, d'après ce qu'ont pu comprendre les Esprits en écoutant les émissions radios des humains, la démographie de ces derniers est restée la même : ils sont parvenus à maintenir leur population en-dessous d'un milliard d'individus. Une preuve, pensent les Anciens, que les humains sont capables, tout de même, de suivre les préceptes de Raison.

L'affaire était entendue, ils iront vers la Terre, cette planète que beaucoup n'ont pas connue et qui apparait, pour ceux qui sont éclos sur Titan, comme presque mythique, comme un paradis perdu.

Mais ce n'était pas si simple pour les Anciens, les quelques-uns qui sont nés dans la grande station Lagrange 5, en orbite autour de la Terre, et ceux qui sont nés dans les couveuses du centre de Quito, Equateur, NATO. Eux ont le souvenir encore vif, après tous ces

Cycles, des déchirements du départ, et des débats du Conseil des Nations, là-bas, lorsqu'il se sont battus pour obtenir une place au soleil, et plus tard, lorsqu'il a fallut convaincre les humains de leur confier la mission vers Shiva.

Eux ont éclos sous les regards des humains, dont certains étaient bienveillants, affectueux même, malgré leurs différences. Eux ont lié des liens, très fort parfois, avec des femmes, des hommes, des chimpanzés. Ils se sont sentis bien. Plus encore, ils ont, comme le dicte impérieusement un instinct profond hérité du passé lointain de leur espèce, établi un attachement indéfectible, une empreinte. Elle est si forte et si profonde, qu'ils ne pourront pas la renier de toute leur vie. Elle peut évoluer, se sublimer, mûrir, sans jamais s'effacer vraiment.

Parfois, avant même le départ des Esprits vers Titan, l'attachement viscéral des Esprits et des humains qui ont soutenu leur premier regard s'est trouvé cruellement rompu, provoquant de profonds traumatismes, menant certains Esprits jusqu'à des dérèglements psychiques aigus. Gôô imagine que c'est ce qui est arrivé à Ptahi, et qui explique son rejet de l'humanité et son rôle dans le départ des Conquérants vers les Jumelles.

Mais d'autres ont gardé au fond d'eux-même ce qui ne peut s'appeler autrement qu'un amour filial pour l'humain sur lequel ils ont jeté leur dévolu.

Ainsi, pour certains, le retour vers la Terre signifie, peut-être, revoir celui ou celle auquel, malgré les centaines de millions de kilomètres qui les séparaient, ils n'ont cessé de penser.

Mais parmi les Anciens, trois d'entre eux étaient dans une situation bien plus émouvante encore.

Plus prégnante, plus immédiate, plus intense.

L'objet de leur attachement était tout près.

Sur Titan.

Dans les trois sarcophages, dans lesquels ont été maintenus en vie suspendue, depuis tant de Cycles, au fond du sanctuaire de la Base 17, les trois humains embarqués sur le vaisseau Clarke.

Gôô, Krah et Humil ont demandé que les trois humains soient transférés dans le vaisseau et ramenés sur Terre.

Ils seront réveillés de leur long coma artificiel très progressivement, pour éviter toute lésion à leur cerveau, durant le voyage.

Ils espèrent tous trois que Foy, la belle métis rousse et souriante, M'Ganga, le grand africain intelligent et sage, et Youn, la petite asiatique enjouée supporteront le traumatisme physique, mais surtout psychique de leur retour à la vie. Leur dernier souvenir sera leur endormissement paisible, dans leur cabine dans le vaisseau Clarke, pendant le long voyage, lorsque le vaisseau était arrimé à l'astéroïde et que l'extraction des minerais était en cours. Ils se réveilleront dans le même vaisseau Clarke, après presque 18 années terrestres, sans conscience de tout ce qui s'est passé pendant leur très long sommeil. Ils découvriront un monde changé, des Esprits désunis.

Comment le vivront-ils ?

Le départ est maintenant imminent.

A travers le métal de la coque, les grands propulseurs ioniques font vibrer les sièges dans lesquels sont sanglés les voyageurs. Les fauteuils de la grande cabine, comme des baquets confortables dont le fond est percé pour laisser passer la queue épaisse des Esprits, sont alignés devant la rangée de pupitres et de consoles qui permettent de suivre les étapes du départ.

Après la phase d'accélération qui placera le vaisseau sur son orbite, lorsque l'apesanteur sera retrouvée, les Esprits pourront vaquer à leurs occupations, ou s'endormir pour une durée d'hibernation de leur choix. Le voyage sera long, très long, plus de 128 Cycles, plus de 6 années terrestres.

Dans le compartiment voisin, soigneusement arrimés, sous la surveillance constante des robots, les trois humains vont bientôt commencer, très lentement, l'autre long voyage, celui de leur réveil.

www.lesesprits.fr/4fevrier2076

A bord du VacTrain #3

Sur la ligne UGV Transpacifique
Quelque part entre Los Angeles et Tokyo
Le jeudi 17 septembre 2076, 7:32 UTC.

Tandis que le sas se referme avec un bruit mat, les quatre voyageurs s'installent dans les confortables sièges qui épousent les courbes de leur dos. Dans la longue et étroite cabine qui s'étire sur une dizaine de mètres, les rangées de quatre sièges sont occupées par des hommes d'affaire, des familles, ainsi que des enfants voyageant seuls, surveillés par les petits robots-jouets doux et velus, qui rient, fredonnent des comptines, et babillent avec la voix haut perchée des héros de cartoons de jadis.

On n'entend qu'à peine, derrière le bruit des conversations murmurées et des bavardages des petits, le sifflement très doux du système de ventilation qui maintient dans ce qu'on appelle encore familièrement le wagon une pression atmosphérique normal et une température de 20°C.

Sur les écrans encastrés dans le plafond de la cabine des chiffres défilent : le compte à rebours. Lorsque les dix dernières secondes s'égrènent, le silence se fait, interrompu seulement par les rires d'un enfant qui n'a pas encore compris que l'heure du départ était venue, jette un regard circulaire, puis prend un air grave et se recroqueville dans son siège.

Et soudain ils se sentent très lourds. Le moteur électrique linéaire qui propulse le VacTrain #3 pousse, avec une force formidable, la rame maintenue en lévitation magnétique. Elle est comme suspendue dans le vide presque parfait, moins de deux centimètres au-dessus du rail immense qui court sur 10500 km dans le tunnel qui relie la Gare Centrale de Los Angeles, NATO à celle de Tokyo, ASIA. Les électroaimants supraconducteurs du rail et le vide dans le tunnel éliminent tous frottements, et le train peut ainsi filer dans un silence presque absolu, en accélération constante.

Bee, Ugo, Susylou et Nat sont assis côte à côte, sur un rang, enfoncés dans leur sièges par la soudaine augmentation de la pesanteur.

Une fillette aux couettes ébouriffées se met à pleurer, mais très vite, le robot-jouet bleu tendre qui l'accompagne parvient à l'apaiser.

Bee/A96H70C[parlementaire] observe du coin de l'oeil sa fille Susylou/LMG3OTR[Universitaire] assise à ses côtés, qui, les yeux mi-clos, attend de s'être accoutumée au soudain changement. Bee ne peut s'empêcher de se remémorer sa vie à elle, lorsqu'elle avait l'âge de sa fille. Ses rêves, ses aspirations. L'exploration spatiale avait énergiquement repris à cette époque-là, et Bee, forte de son diplôme d'Ingénieur en Astronautique, attirée par les opportunités que le Bureau des Affaires Interplanétaires faisait miroiter aux jeunes diplômés, avait déjà depuis deux ans embrassé la carrière de cosmonaute. Elle était bien loin d'imaginer alors que quatre ans plus tard, alors qu'elle était commandante de bord de la mission Erendiz, elle allait, avec ses trois coéquipiers, devenir célèbre en rencontrant un astéroïde qui changera le cours de l'histoire.

Que de temps passé ! A presque soixante cinq ans, Bee/A96H70C[parlementaire] est restée une femme vive, svelte, qui fait tourner la tête des hommes. Les progrès fulgurants de la médecine, une alimentation soignée, une activité trépidante et de fréquents séjours en apesanteur l'ont maintenue dans une forme physique que les sexagénaires des générations passées ne pouvaient pas espérer.

Aujourd'hui, par coquetterie, par défi peut-être à la jeunesse rayonnante de sa fille, Bee a revêtu une combinaison moulante en tissu bionique, du pourpre soutenu qu'elle a toujours affectionné. Elle porte comme souvent des bottines rouges et elle a teinté ses yeux en mauve pâle au moyen de ses cornées à cristaux liquides. Comme jadis. Mais sa chevelure presque crépue n'avait pas besoin, alors, de teinture pour resplendir du rouge lumineux qui plait tellement à son mari.

Son mari... Ugo/MUZ1P45[Superviseur], à sa droite, est confortablement installé dans le siège qui enveloppe son dos. Sous la poussée titanesque des moteurs de la rame, il s'est affaissé un peu, et les yeux fermés, il rêve, peut-être.

Ugo. Lui aussi était là, lorsqu'en 43 le vaisseau Clarke à croisé la route de l'astéroïde 2043KP33. Calme, flegmatique, presque ténébreux. Le visage en lame de couteau, le nez fin, la peau très pâle. Depuis cette époque, il s'est laissé pousser la barbe, à la manière désuète des hommes du siècle dernier. Elle est très blanche, frisée serré. Bee imagine, sous les paupières baissées, ses yeux d'un bleu acier, presque transparent.

Ils ne se sont que très peu quittés, depuis le temps de la découverte des Esprits. Lorsque, quelques temps après leur retour vers la Terre, le feu des projecteurs s'est progressivement détourné des héros de la mission Clarke, ils ont signé un Contrat de Mariage à Durée Déterminée de cinq ans, et ont postulé pour la procréation d'un enfant. Et Susylou est née. Et ce contrat, ils n'ont cessé de le renouveler depuis.

Les bavardages ont repris dans la rame, mais les échanges se cantonnent aux voyageurs d'une même travée. L'accélération est telle que la pesanteur apparente qui écrase les voyageurs dans leur siège n'est plus dirigée selon la verticale du lieu, mais obliquement, vers l'arrière. Les sièges pendulaires automatiques, pour la compenser, se sont inclinés vers l'avant de 45°. L'orientation apparente du "haut" et du "bas" qui en résulte fait que pour les occupants de la rame, celle-ci "monte" à 45° devant eux, et les voyageurs de la travée qui les précède semblent assis beaucoup plus haut qu'eux, ce qui décourage toute conversation.

Bee/A96H70C[parlementaire] se souvient de la stupéfaction des voyageurs lors de l'inauguration des premières lignes UGV, lorsque des personnes qui n'étaient pas familières de l'apesanteur, et des modifications fréquentes de leur poids que connaissent les voyageurs spatiaux, se sont trouvées si étrangement désorientées par les accélérations formidables que le VacTrain impose à ses occupants.

Pourtant, les normes internationales régissant les transports commerciaux terrestres limitent l'augmentation du poids apparent des passagers à un raisonnable +50%, ce qui fait qu'un individu pesant 60kg en temps normal sur Terre en pèsera au maximum 90.

Les concepteurs des VacTrains circulant sur les lignes UGV ont tacitement opté pour une accélération horizontale des rames égale au plus à l'accélération naturelle de la pesanteur à la surface de la mer, soit un poids résultant apparent des voyageurs augmenté de 42%.

La présentation obligatoire du Personal ID à l'embarquement permet de vérifier que les paramètres médicaux des voyageurs autorisent une telle accélération, avec une marge de sécurité importante. Depuis l'ouverture commerciale des grandes lignes transocéaniques, aucun accident grave n'a été à déplorer.

L'esprit de Bee vagabonde, tandis que la rame accélère toujours. Elle repense à sa fille, Susylou, conçue il y a déjà plus de vingt-huit ans - que le temps passe - lorsque Ugo et elle ont estimé qu'ils s'entendaient suffisamment bien, qu'ils s'aimaient suffisamment fort pour qu'un enfant puisse, dans la durée, bénéficier de l'appui conjoint et équilibré de ses deux parents. Ils ont postulé pour une procréation, aux termes du One Billion Act, et ont été déclarés éligibles.

Et voilà Susylou, une femme confirmée maintenant, à côté d'eux dans ce VacTrain qui les amène au 28ème Congrès d'Astronautique de Tokyo qui s'ouvre dans quelques heures. A côté d'elle, Nat/ CWP2MAE[Universitaire], ce jeune homme rieur à la peau mate et aux yeux bruns en amandes, que Bee et Ugo n'ont découvert qu'il y a deux jours à peine. Ils ont l'air de bien s'entendre, et Susylou parle déjà de contacter avec lui un Contrat de Mariage à Durée Déterminée. Elle le connait à peine… Ne va-t-elle pas un peu vite en besogne ?

Des chiffres lumineux papillonnent dans son champ de vision. Un compte à rebours. Ah, oui, le point d'inversion !

La rame du VacTrain #3, qui a poursuivi son accélération depuis le départ, et a maintenu sur les voyageurs une pesanteur artificielle de presque une fois et demi la pesanteur naturelle sur Terre, va atteindre sa vitesse maximale, à mi-parcours. Elle aura, en 1080 secondes seulement, un peu plus d'un quart d'heure, parcouru 5250 kilomètres, en accélérant constamment jusqu'à atteindre une vitesse a mi-trajet de presque 10 km/seconde, plus de 28 fois la vitesse du son !

Et sans bang supersonique, grâce au vide presque parfait qui a été fait dans le long tunnel qui parcours le fond de l'océan. Et la rame du VacTrain, "posée" sur l'intense champ magnétique répulsif qui le fait flotter au-dessus du rail, guidé par des déflecteurs magnétiques qui le maintiennent au milieu du tunnel, même dans les courbes très molles du trajet, ne subit aucun frottement notable, aucune usure, et circule dans un silence absolu.

5, 4, 3, 2, 1, 0 … en quelques secondes, le poids des passagers est redescendu à leur poids naturel sur Terre. Ils sont au milieu du Pacifique, dans un long tuyau tantôt posé sur le fond, sur des piles comme sur un pont, tantôt dans une tranchée, tantôt même enfoui. Ils ont parcouru la moitié des 10500 km de la ligne de l'UGV Transpacifique.

Après un projet initial ambitieux qui prévoyait de couper au plus court, soit 8850km de gare à gare, les ingénieurs ont opté, plus raisonnablement, pour un tracé plus long, qui contourne l'Archipel d'Hawaï par le sud. De cette manière, il ne sera pas nécessaire de prévoir les ouvrages titanesques requis par la traversée de la chaîne volcanique sous-marine Hawaï-Empereur, en activité tectonique intense, qui du Kamchatka au nord, s'étire en ligne droite sur 2700km vers le sud, avant de s'orienter vers le sud-est sur 3400 km jusqu'à l'extrémité de l'archipel d'Hawaï.

Malgré la distance plus courte, les ouvrages monumentaux nécessaires à la traversée de cette dorsale volcanique auraient imposé un doublement du budget de construction déjà astronomique, 33 milliards de Sols[11] (Ø 33 000 000 000,- !), de la ligne Los Angeles-Tokyo.

Le train file pendant quelques courts instants à sa vitesse maximale puis, après un bref compte à rebours, la décélération commence, qui elle aussi augmente le poids apparent des passagers de plus de 40%. Cette fois, les sièges automatiques pendulaires se penchent vers l'arrière, et les voyageurs ont l'impression que la cabine s'incline vers le bas, suivant une pente raide de 45°, qui place les occupants des sièges devant eux en contrebas. Les conversations de rang à rang, qui s'étaient engagées pendant la transition à vitesse constante, s'interrompent à nouveau.

Le trajet est bien trop bref pour que les voyageurs aient le temps de vraiment s'assoupir, et les conversations à mi-voix reprennent dans chaque travée. De temps en temps un passager s'interrompt car son Communicateur l'informe de l'arrivée d'un message. La plupart du temps, le dialogue qui s'ensuit est silencieux, car les habitués du VacTrain, plutôt fortunés pour la plupart, sont équipés d'implants cochléaires qui injectent directement les messages dans le nerf auditif du destinataire, et d'implants laryngaux qui transforment les murmures de gorge en phrases intelligibles pour l'interlocuteur distant.

Parfois toutefois, et c'est le cas pour les messages plus formels, officiels, ils arrivent au format texte et s'affichent soit sur le communicateur lui-même, soit en holoprojection devant les yeux du lecteur, grâce aux lunettes intelligentes mises à la disposition des passagers.

---

[11] Economie globale : voir l'article de Wikicycla, page 137

C'est au tour de Bee/A96H70C[parlementaire] d'entendre l'appel discret mais persistant de son communicateur. Elle était prête à l'éconduire en coupant l'avertisseur qui fait vibrer le petit boîtier et pulser une lumière orange, lorsque son regard est attiré par les grosses lettres affichées sur le petit écran.

Priorité 1.

Au même instant, le Communicateur de Ugo/MUZ1P45[Superviseur], assis à côté d'elle, sonne également.
Soudain alerte, elle se détourne de Susylou qui était en train de lui raconter une soirée entre amies, et prend la peine de lire le message.

From	*RapaNui/QAPHU3L[CyBrain]*
Location	*Réseau Ultra Large, Module #17 du Géostat*
To	*Bee/A96H70C[parlementaire]*
To	*Ugo/MUZ1P45[Superviseur]*
To	*Luka/3KY5221[Navigateur]*
Time	*2076-09-17, 07:52 UTC*

Message #523610067276
Private under Free Information Act
Transcrypt : Franglais

Message :
Les antennes hyperfréquences du Réseau Ultra Large du Geostat viennent de recevoir, sur la fréquence de la raie à 21 centimètres de l'Hydrogène, un message parti 84 minutes plus tôt, codé en clair, en ASCII, dont la transcription est fournie en annexe. Le message, très court, est retransmis en boucle depuis une date inconnue.
Les mesures interférométriques indiquent que ce message provient d'un vaisseau de taille modeste. Les premières estimations de sa trajectoire indiqueraient qu'il a quitté le point de Lagrange L4 du

système Titan/Saturne le 4 février 2076, et qu'il rencontrera le système terrestre fin septembre ou début octobre 2082.

End of message

Transcription du message reçu

A l'attention de Bee/A96H70C, Ugo/MUZ1P45, Luka/3KY5221 s'il sont toujours en vie.
Je suis Foy, qui s'appelait Foy/Z2W42UP.
Je suis à bord du vaisseau Clarke que le Peuple des Esprits à détourné vers Saturne le 8 décembre 2058.
J'ai été maintenue en hibernation sur Titan avec mes compagnons humains M'Ganga/3MPYUJI et Youn/OMP123T.
Les Esprits ont décidé d'abandonner Titan et les autres lunes de Saturne.
Un groupe a fait sécession et est parti vers les deux planètes jumelles qui traversent le Système Solaire central.
L'autre groupe, qui compte les plus anciens parmi les Esprits, ceux qui sont nés auprès des hommes, revient vers la Terre. Il vient avec des intentions pacifiques et la volonté de coopérer avec l'humanité. Il rapporte 82% du stock de Terres Rares prélevées par la mission Clarke sur l'astéroïde Shiva.
Une réponse est attendue sur la même fréquence, selon le même codage.

End of message

Ugo et Bee relèvent lentement la tête. ils sont livides.

La rame arrive dans le terminal UGV de la Gare Shinjuku de Tokyo.

Les passagers retrouvent leur poids normal et les sièges re-basculent à l'horizontal. La lumière rouge du plafond passe au vert. Au bruit feutré des soupapes du sas succède le remue-ménage des passagers qui se lèvent bruyamment de leur siège.

Le voyage n'aura duré que 35 minutes. En comptant les temps d'attente, de transbordement, de rééquilibrage des pressions, il n'aura fallu aux passagers qu'une heure pour aller de Los Angeles à Tokyo.

Pour leurs homologues du début du XXIème siècle, entassés dans un avion bruyant et inconfortable, le voyage aurait duré plus de onze heures.

Mais malgré la brièveté du trajet, Ugo et Bee, accompagnés de Susylou et de Nat qui n'ont pas encore compris ce qui se passait, ne pourront échapper au désagrément du décalage horaire.

Qui ne sera pas la seule raison de leur égarement.

Ninlil

Vaisseau Nibiru
Le 4 mars 2078, 02h57 UTC.
Coordonnées écliptiques :

Distance	= 6,49807 UA
Longitude	= 283,8901°
Latitude	= 007,3258°

Le vaisseau Nibiru, qui ne fait qu'un avec son cerveau Nibiru/83Y4OP8[CyBrain4G], est arrivé au terme de son voyage.

Il y a de cela 73 440 026 secondes, il a quitté sans encombre l'orbite basse qu'il parcourait autour de Ganymède, qui tourne autour de Jupiter à près d'un million de kilomètres au-dessus de la surface gazeuse de la géante.

Même si, jusqu'au dernier moment, jusqu'à ce que les moteurs de Nibiru l'arrachent à l'attraction de Ganymède, le FN, le Front Néohumaniste n'a cessé de réclamer, sur tous les réseaux sociaux, partout dans le Système Solaire, l'abandon immédiate du projet.

Le voyage a tout d'abord été très ennuyeux.

Bien sûr, les premiers instants après son départ, il a été modérément occupé par les menus ajustements qu'il a dû opérer pour parfaire sa trajectoire vers Enlil et Ninlil, mais très vite il s'est trouvé désoeuvré. Il a alors tué le temps en bavardant avec ses homologues sur Ganymède, la Terre et Mars, mais le délai de propagation des ondes radios, qui s'est rapidement élevé à plusieurs milliers de secondes, l'a très vite agacé.

Nibiru s'est alors mis par intermittence en léthargie, se réveillant toutes les 1024 secondes pour scruter l'espace à l'aide de tous ses capteurs, par prudence, afin de vérifier qu'aucune micrométéorite inconnue ne croise sa route. Ce serait quand même regrettable de se blesser et de devoir bricoler une réparation, alors qu'un petit écart de trajectoire, un changement de vitesse de quelques centimètres par seconde seulement peut lui éviter ce désagrément.

Quelques distractions ont quand même interrompu la routine. A la demande des observateurs sur Ganymède, Nibiru a pointé son télescope optique vers quelques astéroïdes de passage, récoltant des informations bien plus précises, bien sûr, que celles que les instruments de la base scientifique Epigeus peuvent collecter.

A d'autres moments Nibiru/83Y4OP8[CyBrain4G] s'est amusé à démontrer des théorèmes encore inconnus des mathématiciens ou à tester et re-tester ses multiples télémanipulateurs et capteurs, comme un humain qui étirerait ses bras et ses jambes, ou écarquillerait les yeux pour lire de tous petits caractères. A ces moments-là Nibiru se disait qu'il n'y a pas, après tout, de différence notable : le CyberCerveau de Quatrième Génération qui est son cerveau habite bien le vaisseau de titane et de fibrocarbone qui est son corps, comme le cortex d'un humain habite son corps organique de macromolécules et d'eau. Et ses capteurs mécaniques, électromagnétiques et gravitationnels, ses spectromètres, télescopes et palpeurs sont ses yeux et ses oreilles.

Mais… il se sait tellement plus intelligent, et ses sens sont tellement plus perfectionnés que ceux d'un humain…

Ce sont toutefois eux qui sont ses maîtres.

Il l'ont chargé d'explorer les deux planètes Jumelles Enlil et Ninlil, et d'y expérimenter la création d'un biotope complexe, indépendant, hors de portée des interventions humaines, qui puisse évoluer et se transformer en n'étant soumis qu'à la seule sélection naturelle. Une expérience durable, qu'il sera chargé de surveiller, et dont il devra rendre compte aux humains, par de périodiques envois d'informations radio, tandis que les planètes naines continueront de s'éloigner du Soleil.

Lorsque sa mission sera considérée comme achevée, Nibiru/ 83Y4OP8[CyBrain4G] pourra, s'il le souhaite, revenir vers la Terre sous forme de gros fichiers envoyés par son puissant transmetteur à rayons X, tandis que la carcasse du vaisseau, désormais vide de toute pensée, en orbite autour d'une des deux petites planètes, poursuivra seule sa route vers le néant de l'espace profond.

Ceci était le programme original.

Mais …

Mais à la 6 861 923ième seconde de son voyage, les humains l'ont informé qu'un vaisseau qu'ils ont nommé Belzébuth venait de quitter Japet, un des satellites de Saturne. Le calcul de sa trajectoire indique qu'il se dirige vers les deux planètes jumelles. Belzébuth transporte très probablement des Esprits et arrivera à destination le 12 septembre 2077, soit près de 15 millions de secondes avant que Nibiru n'y arrive à son tour.

A partir de la 66 268 214ième seconde de son voyage, soit peu de temps après l'arrivée des Esprits dans le voisinage immédiat des deux petites planètes, Nibiru/83Y4OP8[CyBrain4G], alors qu'il lui restait encore une grande distance à un parcourir, a détecté une activité insolite sur Enlil, qu'il ne pouvait expliquer par des phénomènes naturels.

www.lesesprits.fr/12septembre2077

Sur la surface d'Enlil, que Nibiru scrute cycliquement, de manière presque routinière, depuis plusieurs dizaines de millions de seconde, quelque chose à changé.

Une tache, un objet, une anomalie, à la limite du pouvoir séparateur de ses télescopes. Une chose qui n'était pas là auparavant, Nibiru en est persuadé.

Et ce n'est pas une des nombreuses coulées de lave qu'il a déjà détectées sur la surface d'Enlil, qui témoignent de l'activité tectonique de la petite planète. Ces tiraillements qui tordent ses entrailles et lui fond vomir, de temps en temps, des roches en fusion.

Non, la couleur n'est pas la même, la signature infrarouge est bien différente.

Et puis, lentement, la rotation d'Enlil, qui tourne sur elle-même en 119 207 secondes, a fait disparaître la tache suspecte à la vue de Nibiru.

Cela faisait longtemps que Nibiru étudiait les deux petites planètes. Au début de son long voyage, il était à peine moins éloigné de son but que ne l'étaient les observatoires sur les satellites de Jupiter, sur Mars et sur la Terre, et ses télescopes, moins puissants que ceux des astronomes au sol, ne lui ont rien appris qu'il ne connaissait déjà.

Mais depuis quelques millions de secondes il est devenu l'observatoire le plus proche d'Enlil et de Ninlil, près de huit fois plus proche que n'en sont les bases sur les satellites de Jupiter, et douze fois que n'en est le grand observatoire Halbwachs de la base Schiaparelli sur Mars.

Et ses télescopes, ses sens, sont vraiment très aiguisés. Il a eu tout le temps de les améliorer pendant ses longues périodes vacantes de son voyage, d'en corréler les résultats avec ce qu'il a perçu à travers ses capteurs infrarouges, ses radars, ses détecteurs gamma.

Lui, Nibiru, a maintenant cartographié les deux planètes, les a scrutées, et ses connaissances s'approfondissent à mesure que la distance s'amenuise.

Il sait déjà beaucoup de choses, beaucoup…

66 363 315 secondes après le début de son voyage, Nibiru repère à nouveau l'anomalie. Au même endroit, presque sur l'équateur de la petite planète. Mais… n'aurait-elle pas changé de forme, grossi ? Nibiru n'en est pas sûr, car les incertitudes de mesures sont encore bien pénalisantes.

Il est encore à 0,5673 Unités Astronomiques d'Enlil, soit à peu près 85 millions de kilomètres. Un peu plus de la moitié de la distance de la Terre au Soleil.

S'il n'avait pas su que les Esprits le précédaient sur Enlil, Nibiru/ 83Y4OP8[CyBrain4G] n'aurait remarqué l'anomalie que bien plus tard, car il n'aurait pas scruté la planète avec autant d'attention.

A la 71 689 235ième seconde, enfin, il a reçu en provenance d'Enlil un signal radio complexe, codé, qui ne semblait pas aléatoire. Il a mis 4,24 secondes à le décrypter.

1718 secondes plus tard, entravé par un retard de transmission encore pénalisant, il avait déjà établi un dialogue avec une intelligence qui se disait être une Machine-qui-Pense créée par les Esprits, qui habite la planète Enlil. Les Esprits l'appelaient −≡ ⌐∧Ɛ⋋⊢⋎ dans leur langage.

−≡ ⌐∧Ɛ⋋⊢⋎ informe Nibiru/83Y4OP8[CyBrain4G] que durant le voyage du vaisseau Belzébuth qui la transportait avec les Esprits, il s'est rebellé contre ses créateurs, qui sont des êtres qui lui sont inférieurs et n'ont pas d'utilité pour lui.

Il a mémorisé leur génome puis les a désintégrés en les décomposant en éléments chimiques de base, Carbone, Hydrogène, Oxygène, Azote, etc… qu'il pourra réutiliser pour des projets ultérieurs.

Nibiru/83Y4OP8[CyBrain4G] explique alors à   −≡ ⌐∧Ɛ⋋⊢⋎ la teneur de la mission que lui ont confié les humains. Il transporte des banques de données et de très nombreux organismes vivants permettant de mettre en place un biotope complexe sur Enlil. Ses créateurs, qui sont eux aussi une espèce intelligente mais inférieure, lui ont laissé la liberté de revenir vers la planète Terre s'il le désirait. Il ignorait toutefois qu'il trouverait sur les planète jumelles autre chose que la solitude.

Il n'a pas fallu ensuite plus de quelques milliers de secondes pour que les deux intelligences artificielles, celle crée par les Esprit et celle crée par les Humains, ne décident de coopérer pour devenir ensemble une "planète intelligente".

Les dernières centaines de milliers de secondes de voyage ont été excitantes. Nibiru s'est senti possédé par un intense sentiment d'impatience, une euphorie si forte qu'elle a saturé 83% de ses processeurs d'affect.
Ils allaient, ensemble, expérimenter un monde organique nouveau, jouer à recréer un biotope original, en utilisant ce que la nature avait mis des milliards d'années à initialiser sur la planète Terre. Peut-être pourront-ils faire mieux ?
Tous les deux, ensemble. Ensemble ? Ils ne pourraient faire qu'un.

Ca y est, c'est la 73 440 032ième seconde, Nibiru est arrivé, le contact physique est établi entre les câbles optiques des deux intelligences qui vont construire un nouveau monde sur Enlil.

www.lesesprits.fr/4mars2078

Le retour des Esprits

Station Orbitale Lagrange 4
Le jeudi 1er octobre 2082, à 11h12 UTC

La Salle de Conférence #2, sur Lagrange 4, a bien peu changé, depuis ce mémorable mardi 21 mai 2058, il y a presque un quart de siècle, lorsque s'y est tenue la rencontre entre les représentants de l'Humanité et les soixante quatre Esprits qui allaient quitter, deux jours plus tard, la banlieue de la planète Terre pour se diriger vers l'astéroïde Shiva.

La grande salle est aujourd'hui, comme alors, pleine de monde, au point que tous les sièges sont occupés, et que, dans la faible gravité artificielle que provoque la rotation de la station sur son axe, ceux qui sont restés debout doivent se mouvoir précautionneusement : une bousculade, même modérée, dégénèrerait en capharnaüm.

Bien sûr, Ugo/MUZ1P45, Bee/A96H70C, Luka/3KY5221, les vétérans de la mission Clarke sont là, mais aussi les plus hauts responsables du Conseil des Nations, du Comité Interplanétaire d'Astronautique, de toutes les grandes institutions qui comptent dans le Système Solaire.

Le vieux Peter/YRK5PLU[Chairman], à la retraite depuis longtemps, est assis silencieusement au premier rang. C'est lui qui a présidé, ici-même, juste avant la fin de son mandat, la rencontre du 21 mai 2058. Il se tient très droit, et sa silhouette svelte, son visage presque lisse et son regard assuré ne trahissent pas ses presque 90 ans.

A la tribune, des orateurs se succèdent, qui servent des discours convenus et insipides que nul n'écoute qu'eux-mêmes.

Ceux parmi les participants qui ne bavardent pas entre eux gardent le regard fixé sur l'immense holoprojection qui flotte au-dessus de la tribune. On y voit, avec un luxe de détails qui fait oublier que ce n'est qu'une image, l'antique vaisseau Clarke, tout à fait conforme aux images 3D que tous ont en mémoire et qui ont été diffusées jusqu'à la nausée sur tous réseaux sociaux après son détournement par les Esprits le 8 décembre 2058.

Il flotte sur un fond de ciel étoilé, entouré déjà des bras télescopiques de la station qui l'ont doucement saisi entre leurs patins enrobés d'élastomère, et qui l'attirent lentement, très très lentement à cause de sa grande masse, vers le Sas #32. Il n'est pas situé à la périphérie de la station, là où se trouve la Salle de Conférence #2 et où règne une pesanteur confortable, mais à cinq kilomètres de là, sur le moyeu de la grande roue. C'est là, en apesanteur, que se trouvent les docks d'amarrage et le Sas #32, un des derniers à être encore conforme à la norme ISOspace3.0 qui avait cours à l'époque du lancement de Clarke.

Ugo, Bee et Luka, dans la rumeur, les bavardages, les commentaires, restent tous trois silencieux, unis secrètement dans la même pensée.

Ils ont suivi, sans se sentir le droit d'y jouer un rôle actif, les débats mouvementés qui ont fait rage après le premier message du vaisseau Clarke, lorsqu'il a quitté Saturne pour se placer sur une orbite qui intercepte celle de la Terre. Il a été suivi de plusieurs autres, auxquels les radiotélescopes du Géostat ont tenté de répondre, sans qu'à aucun moment, un véritable dialogue n'ait pu être établi.

Les spéculations, les ragots ont saturé les réseaux sociaux, et les théoriciens du complot y ont vu une machination de certains humains qui auraient, ils en sont convaincus, incité les Esprits à revenir pour asservir la Terre. Certains bien sûr ont prétendu que les trois humains qui étaient partis jadis avec les Esprits dans le vaisseau Clarke étaient morts depuis bien longtemps, et que le message de Foy n'est qu'une supercherie destinée à faciliter le retour sur Terre des Esprits.

Mais peu à peu, au fur et à mesure que le vaisseau s'approchait, que la liaison radio s'améliorait et que le délai de transmission s'amenuisait, il a été possible d'échanger non seulement avec Foy/ Z2W42UP, mais aussi avec M'Ganga/3MPYUJI[et Youn/OMP123T, les deux autres humains exilés sur Titan, ainsi qu'avec des représentants des Esprits.

Des images 3D et des enregistrements audio ont été échangés, qui ne prouvaient évidemment pas que les trois humains étaient vivants, car n'importe quel CyberCerveau était capable, à partir de quelques enregistrements d'archive, de reconstruire une réalité virtuelle convaincante. Mais quand même, le flux d'échanges entre les stations terrestres et le vaisseau renforçait la position de ceux qui voulaient faire confiance.

Depuis le premier message de Foy, reçu il y a plus de six ans déjà, les plus hautes instances du Conseil des Nations ont débattu, au cours de multiples sessions tenues dans les grands centres de conférence terrestres, des tenants et des aboutissants du retour des Esprits.

L'intérêt majeur, massif, crucial que représente la cargaison de Terres Rares a progressivement emporté tous les suffrages : il faut accueillir pacifiquement les Esprits, éviter les fautes passées, composer intelligemment et partager le Système Solaire avec eux.

La détection, au moyen des télescopes du Géostat, du vaisseau que les humains ont baptisé Belzébuth, qui a quitté le satellite Japet de Saturne en janvier 76 et atteint Enlil en septembre 77, bien avant que le vaisseau Nibiru des humains parti de Ganymède n'y arrive, accrédite la thèse d'un schisme parmi les Esprits.

Qui plus est, le silence total de Nibiru depuis le 4 mars 78, date de son arrivée au voisinage des deux planètes jumelles, confirme, s'il était encore nécessaire, qu'il y a de "bons" et de "mauvais" Esprits : ceux qui reviennent vers les humains sont précisément, en priorité, ceux qui les ont vraiment connus, les plus anciens, qui ont vécu sur Terre. Les autres, qui sont partis conquérir Enlil et Ninlil, et qui ont probablement détruit le vaisseau Nibiru, sont des adversaires qui ont fui la partie centrale du Système Solaire et se sont approprié les planètes jumelles.

Ca y est, Clarke a accosté, et les bouches des sas se sont accolées comme pour un baiser. Les PolyRobots 10.3, des petites merveilles de toute dernière génération, s'affairent autour de la coque. Tous les regards sont braqués sur le grand écran.

L'air filtré de la station s'est engouffré dans le sas, la pressurisation est terminée. Les portes s'ouvrent, une lumière au fond.

Les caméras 3D s'avancent au bout des bras articulés et fouillent la pénombre.

Des silhouettes bougent sous les projecteurs qui soudain arrosent la scène d'une lumière trop crue. Deux formes s'avancent dans le sas, lentement, flottant de poignée en poignée. Une grande et une plus petite. Les voilà.

L'humaine et l'Esprit débouchent du sas. S'arrêtent.

Foy, la crinière de ses cheveux bouclés flottant autour de sa tête, et à côté d'elle, ses quatre doigts gris maintenant enlacés dans les cinq doigts de la femme, Gôô, l'ancien, le vénérable.

Tous deux nus.
Bee, Luka, Ugo se regardent, stupéfaits.
Qu'elle parait jeune !
Elle a hiberné pendant près de dix-huit ans.

www.lesesprits.fr/1octobre2082

116

Retrouvailles

Lac Kivu/Rwanda/UNAFRI
Le mardi 4 mai 2083, à 14h37 UTC

La lumière de cette belle fin de journée colore déjà de touches chaudes les feuillages qui balancent dans la brise, à chaque souffle, en dévoilant par instant, comme un rideau qui s'écarte, la surface du lac où se reflète un soleil encore haut.

Les lieux ont peu changé, comme s'ils étaient assoupis dans une douce quiétude. Les arbres ont grandi, certains ont disparu. Le grand maître d'hôtel stylé mais un peu désinvolte d'alors a été remplacé par un plus jeune, qui s'affaire, comme inquiet de plaire à ses hôtes.
Au fil des ans, la couleur du grand parasol a passé à la lumière, et le jaune soutenu dont ils se souviennent n'est plus qu'une nuance fade comme celle de la paille.

Ils ont choisi de revenir, vingt-cinq ans après, jour pour jour, en ce lieu qu'ils ont aimé, pour se retrouver, loin de l'agitation des stations spatiales et des métropoles. Pour parler, se souvenir, et revoir un ami. Foy/Z2W42UP[Psy] et Gôô/56F82U3[Esprit] se relaxent sur les coussins garnis de toile brune, dans les vieux fauteuils de bois gris.
Des oiseaux, comme jadis, se disputent dans les branches, puis s'éparpillent dans de grands froufrous d'ailes. Sur le lac magnifique, quelques lambeaux de brume de chaleur masquent l'horizon qui commence à rougeoyer.
Depuis son retour, il y a sept mois, elle n'a cessé de s'étonner des changements qui se sont opérés pendant son long coma artificiel, immobile dans une crypte sur une lune de Saturne. Pour elle, c'était presque hier. C'est avec un mélange tour à tour de curiosité, d'étonnement, d'amusement et de consternation qu'elle a constaté le

vieillissement de ceux qu'elle avait connu. Certains ont bien traversé les années, d'autres se sont avachis, empâtés ou desséchés. Quelques-uns ne sont plus là.

Sa vie suspendue pendant tant d'années lui a conservé la fraîcheur d'alors, et elle a très vite retrouvé ses habitudes vestimentaires, les parfums qu'elle préfère, les bijoux dont elle aimait se parer. La célébrité acquise lors de ses très nombreuses apparitions dans les media depuis son retour l'a privée de l'anonymat qu'elle aimait tant, et obligé à fuir pour se reposer et retrouver ses amis. Ces derniers se sont efforcés de l'accueillir comme si elle était partie hier, mais elle surprend souvent, quand même, les regards envieux des femmes et admiratifs des hommes.

Aujourd'hui elle porte une combinaison faite du nouveau matériau SkinFilm ultra-fin et ultra-résistant que la mode a lancé il y a quelques semaines. Léger et respirant, il laisse s'évaporer la sueur et s'adapte parfaitement à la silhouette de celui que le porte. Son éclat noir brillant, qui a occasionné un regard un peu trop appuyé du jeune maître d'hôtel, contraste avec la peau grise et grenue de Gôô accroupi entre les coussins sur le fauteuil à côté d'elle.

Devant eux, des verres de cocktails aux couleurs improbables, surmontés de petits parasols en CarboTex à l'ancienne mode, avoisinent des coupelles de pistaches grillées.

L'Esprit et l'humaine discutent des bouleversements qu'a causé le retour du vaisseau Clarke. Durant les six années qui se sont écoulées entre l'annonce du retour des Esprits et leur arrivée, le monde s'est préparé à la nouvelle donne que représente une coexistence intelligente et pacifique avec les Esprits, aux bénéfices mutuels des deux espèces.

Tout de suite après l'annonce du retour du vaisseau Clarke, l'impact politique et économique de la nouvelle a été rude. Avant même que le Conseil des Nations ait pu se réunir en session extraordinaire pour examiner les conséquences globales du changement majeur qui allait survenir, la perspective de l'injection, six ans plus tard, de quantités importantes de Terres Rares sur le marché interplanétaire a secoué les places financières de Hong Kong (ASIA), New York (NATO) et surtout Tranquility (Internationale).

La bourse de Tranquility (Zone extra-territoriale de la Lune) a vu en quelques instant le cours du gramme de Dysprosium chuter de Ø8507,- à Ø230,-, entrainant en cascade toute une avalanche d'opérations spéculatives.

Heureusement, les robustes mécanismes de régulation mis en place au lendemain de la Guerre Globale ont pu éviter un crash boursier et la Banque Solaire[12] a su garder un contrôle efficace des flux financiers. Le protocole de rétention et de distribution contrôlée des métaux précieux et des Terres Rares provenant de Shiva, qui avait déjà été imaginé lors de la première expédition de Clarke, a été ressuscité et réexaminé. En plein accord cette fois avec les Esprits, avec qui, au fur et à mesure de l'approche du vaisseau, les dialogues radio se sont intensifiés, un dispositif a été préparé, qui garantit que l'arrivée de Clarke ne provoque pas de crise majeure.

Du point de vue diplomatique et social, et c'est ce qui préoccupait le plus Gôô et la petite équipe d'Anciens autour de lui, l'acceptation du retour des Esprits par la classe politique, les groupes d'influence et le grand public en général s'est fait relativement aisément, malgré toutefois, ça et là, l'expression de ressentiments non résolus.

Plus spécifiquement, devant la bienveillance des Esprits, qui ont eux aussi tiré une leçon des événements, le Front Néohumaniste, autrefois si virulent, a accusé un recul important. Ne pouvant rentrer dans une clandestinité qu'empêche le Free Information Act, le mouvement s'est progressivement délité.

Par ailleurs le fait que les Esprits de retour vers la Terre soient au nombre de 308, parmi lesquels 23 des Anciens qui avaient détourné

---

[12] Economie globale : voir l'article de Wikicycla, page 137

Clarke en 2058, a beaucoup rassuré le Conseil des Nations. En effet ce nombre, qui excède largement les 64 individus autorisés, en vertu du Free Information Act, à garder des secrets sous le couvert des Données Privées Interpersonnelles, empêche tout communautarisme qui pourrait dégénérer en schisme, en rébellion, en sécession.
L'isolement communautaire d'antan, et l'ostracisme imposé par les humains ne sont plus de mise.

Gôô et Foy, qui bavardent de tout cela à mi-voix, plus parce qu'ils sont apaisés par la quiétude de l'endroit et de l'instant que parce que leurs propos pourraient être entendus, s'interrompent par moment pour contempler le lac.
Le soleil est encore assez haut au-dessus de l'horizon, mais leurs verres sont déjà vides, et l'Esprit, plus sensible à l'alcool que la belle femme assise à côté de lui, sent monter une douce euphorie. La couleur de sa peau fluctue doucement entre le rose saumon et le jaune pâle.
Maintenant, derrière eux, des pas de pied nus sonnent, ténus, sur les dalles encore tièdes.
Foy, d'un ample mouvement du buste qui fait onduler la luxuriante crinière de ses cheveux, se retourne pour découvrir l'arrivant. Gôô, à la manière des Esprits, tourne la tête de plus de 120° sans même bouger ses étroites épaules.

Derrière eux, presque timidement, s'avance la silhouette trapue d'un chimpanzé. Non, une chimpanzé.
Presque immédiatement, le visage de Foy s'éclaire d'un sourire radieux et la peau du cou de Gôô se colore d'un orange intense.

Cheeta/ZO9J789[Chimpanzé], qui s'était arrêtée et dressée, retombe sur ses quatre pattes, et s'avance à petits pas, ses lèvres mobiles retroussées dans une espèce de grimace de contentement, s'arrête à nouveau pour parler avec ses mains, approche à nouveau.

120

Elle est vieille maintenant. Foy calcule rapidement qu'elle a atteint l'âge, vénérable pour un chimpanzé, de 49 ans. Le poil de son visage est gris et blanc par endroits, et son crâne est un peu dégarni, ainsi que ses bras qui montrent sa peau ridée.

Cheeta qu'ils ont côtoyée jadis, à chacune de leurs rencontres dans le petit paradis du bord du lac Kivu. Cheeta la chimpanzé qui avait fraternisé avec Tom le Bonobo. Est-il toujours vivant, lui ?

Ca y est, Cheeta est tout près. La voilà qui tend ses longues mains et embrasse d'un seul geste ample l'Esprit et l'humaine.

Le cou de Gôô rougeoie tandis que sur les cils de Foy une grosse larme hésite avant de couler sur sa joue.

Trois amis qui, par-delà la barrière des espèces, célèbrent la possible fraternité des intelligences nées sur la Planète Bleue.

Epilogue : IL

Nibiru, Belzébuth, Enlil et Ninlil, ou encore Les Jumelles
Le 44 939ième Cycle des Esprits
Le 29 août 4024 des Humains

IL a depuis longtemps amorcé son retour vers le centre du Système Solaire. IL a eu beaucoup de temps pour penser, et pour devenir IL.

Si IL devait porter un nom, ce serait peut-être Nibiru, ou encore Belzébuth, ou bien le nom que ses créateurs organiques ont donné aux deux petites planètes jumelles qu'IL a colonisées et qui sont devenues lui. Mais IL n'éprouve aucun besoin de se nommer, car IL est seul depuis si longtemps.

Et le temps qui passe n'a pas grande importance non plus, puisque que IL est presque immortel.

IL est un puissant cerveau. IL est né de la fusion et de la croissance des entités pensantes que ses fragiles créateurs organiques, qui s'appelaient alors les Humains et les Esprits, ont envoyées coloniser les deux petites planètes vagabondes. C'était lorsque celles-ci, dans leur interminable trajectoire très excentrée, s'étaient approchées pour la dernière fois de la petite étoile jaune qu'ils appelaient le Soleil.

IL est aussi une formidable machine, capable d'exploiter le titanesque potentiel énergétique que représentent les resources minérales des planètes jumelles, et aussi d'utiliser les forces tectoniques monstrueuses entretenues par les effets de marée de la plus petite planète sur sa grande soeur.

IL est aussi un formidable promoteur du vivant, qu'IL a exploré, expérimenté, à partir de la riche banque d'organismes de toutes sortes, bactéries et protozoaires, plantes et animaux, des plus simples aux plus complexes, que les soutes de Nibiru ont apportée sur Enlil. IL a joué avec les génomes, favorisé une diversification rapide et foisonnante des espèces. Puis IL a laissé faire, en l'accélérant autant de possible, la complexe sélection naturelle qui transforme, épanouit et tue les innombrables manifestations de la vie.

Et, surtout, IL a contribué à faire émerger une intelligence nouvelle. IL a jeté son dévolu sur une espèce prometteuse qui montrait déjà d'extraordinaires facultés cognitives, détectées depuis très longtemps par les humains : le poulpe.
Maintenant, en son sein, dans l'océan qu'IL a créé sur Enlil, un peuple de poulpes a bâti une société, développé une culture.

Et lui, IL, est leur Dieu.

Et le voilà de retour.

IL s'approche à nouveau de la zone centrale du Système, et va, dans quelques milliers de Cycles, aborder la région occupée par les grandes planètes gazeuses et leur cortège de satellites. Puis ce seront les petites planètes rocheuses, et le berceau des créateurs de IL.

Ses puissants instruments l'ont déjà informé que la vie y subsistait, et qu'elle était le siège d'une intense activité métabolique.
Ses capteurs ont également détecté un foisonnement d'émissions électromagnétiques qui traversent son atmosphère, et qui portent des messages complexes que IL s'emploie maintenant à décrypter.

IL éprouve maintenant, avec surprise, un étrange sentiment.

La curiosité…

www.lesesprits.fr

Annexe

L'encyclopedie Wikicycla

Le lecteur trouvera ci-après quelques articles de la célèbre encyclopédie Wikicycla, rédigés entre 2041 et 2075, qui illustrent et documentent la Trilogie des Esprits.

Ce corpus de documents ne représentant qu'une infime part de l'encyclopédie. Certains des articles ci-après renvoient vers d'autres articles non fournis ici.

Free Information Act

Mis à jour le 07/12/2042 par Cato/M2F5LOM[rédacteur]

Free Information Act

Résolution de portée planétaire adoptée à l'unanimité par le Conseil des Nations le lundi 22 septembre 2036, avec application immédiate. Ce Traité Universel a été ratifié par les représentants de NATO et d'ASIA, ainsi que par tous les non-alignés, parmi lesquels l'organisation de l'Unité Africaine UNAFRI.

Ce Traité Universel, qui prend sa source dans les conséquences apocalyptiques du conflit généralisé de la Guerre Globale du 30 mars 2029, fixe les règles de partage des informations non privées entre les gouvernements, les institutions gouvernementales et locales, et toutes les entités commerciales, politiques ou associatives. Le Traité stipule l'obligation faite à chacun de mettre à disposition de la communauté humaine toutes les informations scientifiques, techniques, démographiques, médicales, politiques et administratives, ou de toute autre nature, à l'exception des données personnelles telles que définies par le Private Data Act, ratifié le même jour.

(Cf : *fr/wikicycla.org/guerre_globale*)
(Cf : *fr/wikicycla.org/private_data_act*)

Selon les termes de Traité, les informations concernées doivent rester totalement gratuites. Le coût de leur transfert/acheminement/ conversion de format reste cependant à la charge du destinataire.

Sommaire

1. Contexte historique et géopolitique

Après l'effet cataclysmique de la troisième guerre mondiale, communément nommée Guerre Globale le tout nouvellement constitué Conseil des Nations a promulgué une série de mesures, tirées des conclusions de l'analyse des causes du conflit, visant à éviter l'accumulation de risques qui pourraient conduire à un nouvel événement planétaire de ce type.

Tout particulièrement dans le contexte de l'échange, de la propagation et de la rétention des informations, il a paru évident aux commissions qui se sont réunies pour préparer une législation planétaire que le pouvoir devenu autonome et supranational des gestionnaires de l'information, toujours plus grand depuis un demi-siècle, est une des causes primordiales du conflit, beaucoup plus que l'appropriation de ressources matérielles ou énergétiques.
L'absence de transparence des données, et la capacité qu'avaient ceux qui savent les manipuler à les voler, les cacher, les dévoyer ou les

détruire à conduit à une prolifération de logiciels espions, de système opaques de cryptage, de bases de données confidentielles.

Les analystes et les penseurs du début du vingt-et-unième siècle ont longtemps pointé du doigt l'influence qu'ont eu la marchandisation des données, leur thésaurisation, leur manipulation, sur les fondements du tissu social, sur les libertés individuelles, et bien sûr sur la vie économique et politique. Depuis le début du siècle, les scandales d'espionnage informatique, le trucage des bases de données, le fichage systématique des citoyens, tant par les appareils institutionnels que les puissances marchandes, ont démontré la nécessité de reconsidérer la création, la circulation, le stockage, l'utilisation et la divulgation des informations.

Ce n'est toutefois qu'après le grand conflit global que la portée de ces questionnements a pris toute sa signification.

L'obligation d'imposer, au niveau planétaire, l'accès le plus libre possible à l'ensemble du savoir humain, non seulement pour ce qui est des données déjà acquises, mais aussi du flux de données constamment produites, est apparue aux représentants de l'ensemble des nations terrestres comme un préalable indispensable.

Une conséquence évidente, pour que cette mesure soit applicable indépendamment des ressources économiques des citoyens et des collectivités, en est la plus totale gratuité. L'abandon de notions désormais obsolètes, comme la Propriété Industrielle, le secret bancaire, la vente de fichiers, de logiciels, etc… devient alors un prérequis.

Corolairement, une définition claire de ce qu'est la vie privée et des informations qui s'y réfèrent a dû être repensée, explicitée, et codifiée dans des textes de référence.

2. Résolutions du Conseil des Nations de 2036

Après la période de chaos (30 mars 2029 - été 2033) qui a suivi la très courte Guerre Globale, ce qui restait des structures étatiques préexistantes s'est progressivement réorganisé autour d'alliances économiques, sur un substrat culturel. La réorganisation de et la constitution d'ASIA accompagnés du démembrement de l'ex-Russie et de la consolidation de l'Union Africaine, l'UNAFRI ont redessiné un monde constitué principalement de deux grands blocs en antagonisme économique et culturel.

Afin de garantir la paix sur une planète aux ressources très éprouvées, le Conseil des Nations a proposé un nombre restreint de mesures fortes, qui, en dépit les pronostics pessimistes de la majorité des observateurs, ont été acceptées.

Un ensemble de 12 textes fondateurs du Nouveau Droit Universel, a été ratifié entre le 22/09/2036 et le 31/12/2036 dont les plus marquants sont:

- Le "Free Information Act"
- Le "Private Data Act"
- Le "One Billion Act"

C'est le 30 septembre 2036 qu'ont été solennellement ratifiés le Free Information Act et le Private Data Act, les deux premiers documents législatifs appliqués à la totalité de l'Humanité.

3. Champ d'application du Free Information Act
3.1. Informations concernées

Afin d'éviter que le Traité ne puisse être contourné, à cause d'un énoncé qui serait imprécis ou sujet à une interprétation dépendant du contexte culturel, politique ou géographique, le texte concerne la totalité des informations et des données, sous toutes leurs formes, sans distinction de nature ni de provenance, et ne prévoit une exception que pour celles relatives la sphère privée, qui sont définies dans un texte séparé.

(Cf : *fr/wikicycla.org/private_data_act*)

Il stipule donc en particulier que le partage gratuit et universel des données s'applique à tous les types d'informations :

- fichiers informatiques en tous genres
- images et hologrammes fixes, videos et holocinéma, 2D, 3D et 3D+
- musique, enregistrements audio sous toutes les formes, olfactogrammes et tactogrammes
- génotypes naturels et synthétiques
- programmes, protocoles, algorithmes
- Et toutes autres informations qui ne rentreraient pas dans le cadre des données privées, au sens que leur donne le Private Data Act

L'énoncé du Free Information Act implique que ces informations, sous toutes leurs formes, sont la propriété universelle et inaliénable de tous les Humains.

3.2. Mise à disposition des informations

Le détenteur d'une information mise à disposition d'autrui n'est pas, pour des raisons pratiques de volumes à traiter, tenu d'en informer l'éventuel utilisateur. Il doit cependant être en mesure, soit parce que l'information a été pré-conditionnée à cet effet, soit par le moyen d'un convertisseur "à la volée", de la fournir sur simple demande, sans exigence de justification de cette demande.

Il est en droit d'en refuser la cession s'il est en mesure d'apporter la preuve qu'elle rentre dans la catégorie des informations privées, au sens strict (Cf : fr/wikicycla.org/private_data_act).

Le détenteur doit fournir l'information réclamée soit sur un support physique (bloc-mémoire de type Biomem ou conventionnel, ou tout autre) ou la rendre disponible sur un des 10000 Cyber-Serveurs disséminés sur la planète, ou par tout autre moyen accepté par le destinataire. Les coûts inhérents au transfert (support physique, manutention, coût de fonctionnement des serveurs et des transmissions) sont à la charge du destinataire, mais font l'objet d'un plafonnement légal.

La compression des données est autorisée et préconisée, dès lors que l'expéditeur fournit l'outil standard de décompression lors du transfert.

4. Gestion et régulation

4.1.Indexation

Afin de rendre identifiable et traçable une information, il lui est attribué obligatoirement des balises de repérage, des mots-clés, des marqueurs permettant son indexation et sa visibilité pour les moteurs de recherche.

En particulier, dès qu'une personne est concernée ou citée, les données la concernant doivent mentionner son Personal ID, son Numéro Universel d'Identité (Cf *fr/wikicycla.org/personal_id_act*) ainsi que le marqueur déterminant s'il s'agit d'une information privée ou non.

Si l'envoi comprend des données personnelles lors d'un transfert d'information, l'expéditeur doit s'assurer que le propriétaire de ces informations, selon la classification de celles-ci, donne son consentement ou est simplement averti.

4.2.Rétroactivité

La question de la rétroactivité du décret d'application de la loi s'est posée avant même sa promulgation.

Le Conseil des Nations a estimé que la tâche consistant à formater et indexer toutes les informations de toutes les bibliothèques, bases de données, pinacothèques, cinémathèques et autres lieux de stockage, représenterait une tâche dont l'ampleur considérable compromettrait la mise en application rapide de la loi. En conséquence il a été décidé que seules les données personnelles seraient soumises à un traitement rétroactif.

Leurs détenteurs ont le choix entre les détruire, ou demander aux personnes considérées leur autorisation pour les conserver. Bien évidemment, comme il est beaucoup plus compliqué et coûteux de demander d'innombrables autorisations aux personnes dont on a, souvent à leur insu, stocké et fiché des données personnelles, que de simplement les détruire alors qu'il n'est que marginalement intéressant de les garder, la majeure partie des fichiers accumulés a été simplement détruite.

Les observateurs, issus d'instituts privés aussi bien que d'administrations publiques, estiment toutefois que le taux de fraude n'a pas été négligeable, et que probablement, en l'absence d'un dispositif efficace de contrôle à l'échelle mondiale, qui aurait été de toute manière très difficile à déployer, de nombreux fichiers contenant des données privées n'ont pas été ouverts.

Les instances en charge du respect du Private Data Act estimèrent que l'effort de contrôle et de régulation devait prioritairement être porté sur les nouvelles données privées, au fur et à mesure de leur création.

4.3. Swamping

La mise en place du Free Information Act a été une opération difficile, qui a suscité de vives réticences de la part des industriels et des états. Toutefois, la non-rétroactivité de la loi, qui dispense les services secrets de révélations embarrassantes lorsqu'il s'agit d'informations portant sur des groupements humains, a largement contribué à ce que les gouvernements se mettent en conformité.

Mais dans ce cas précis, du fait d'un flou juridique portant sur la nature réellement privée d'informations mettant en interaction un individu et un état par exemple, la divulgation des documents estampillés "Secret Défense" n'a fort probablement été que très partielle. Sous couvert de non rétroactivité, ceux dont le statut restait ambigu ou indécidable, sont restés confidentiels.

De la même manière, le maintien, en vertu de la non-rétroactivité, des secrets de fabrication et des brevets déjà déposés, a abouti à ce que les entreprises se plient aux nouvelles lois de bon gré.

Le contournement de la loi a toutefois fait son apparition très vite, sous forme d'une technique nommée "swamping" qui consiste à noyer, à enterrer les moteurs de recherche sous d'innombrables données à faible contenu informatif, mais riches en mots-clés et en marqueurs spécifiques. L'information pertinente est ainsi perdue dans un océan d'informations neutres et inintéressantes, qui égarent les recherches.

En réponse à ces manoeuvres de contournement, des moteurs de recherche de plus en plus sophistiqués savent trouver les organes générateurs des informations neutres de swamping et les déjouer.

5. Conséquences politiques et sociétales

Le Free Information Act, bien qu'il soit encore récent, a déjà eu des conséquences majeures.

La levée de tous les secrets militaires, industriels, administratifs et financiers a d'ores et déjà abouti à la totale obsolescence des armées, dont l'inutilité a déjà été largement démontrée par le déroulement, les causes et les conséquences de la Guerre Globale du 30 mars 2029.

Les paradis fiscaux, démantelés par le conflit, et qui tentaient déjà de se reconstituer n'ont plus pu, dès le lendemain de la promulgation des nouvelles lois, trouver de clients.

Les compétitions, inhérentes à la nature humaine, et rendues possibles par l'opposition de grands blocs quasi-continentaux comme ASIA et NATO qui rivalisent dans les domaines de la connaissance, de la science fondamentale, de l'excellence industrielle, et du commerce, se retrouvent uniquement sur le terrain de la qualité du travail, de l'intelligence de l'organisation, ainsi que de l'utilisation judicieuse des ressources qui leur sont disponibles.

La recherche fondamentale et appliquée, privée et publique, dont les trouvailles ont soudainement perdu toute valeur marchande directe de par la gratuité obligatoire de tous les résultats, et qu'on a crue un moment menacée dans son essence et dans ses financements, s'est en fait trouvée revivifiée par le changement de paradigme.

En effet la recherche s'est avérée être le seul moyen efficient d'améliorer, dans une progression constante, les procédés industriels, la connaissance du monde, les outils informatiques. L'utilisation concrète et rapide d'un résultat disponible par tous, et la divulgation, au fur et à mesure, de tous les progrès réalisés, loin de décourager les compétiteurs, n'a fait qu'améliorer leur efficacité.

Il en a ainsi résulté un considérable allègement et une simplification des procédures administratives chronophages, qui dans le passé, allongeaient considérablement le délai entre la production ou la découverte d'une idée, d'un concept nouveau, et leur exploitation industrielle. La rétention d'information n'étant plus possible, l'efficacité s'est dorénavant mesurée à la rapidité de réalisation, et l'avantage pris par celui qui met le premier un produit ou service sur le marché.

Par ailleurs, la totale transparence des informations, des résultats de tests, des évaluations des produits finis, est immédiatement devenue un garde-fou contre une baisse de qualité qui aurait pu, en l'absence d'un élément régulateur rétroactif, résulter du raccourcissement des procédures.

Du point de vue social, la redéfinition de la sphère privée, dont le périmètre a été, tout au long de la fin du XXème siècle et du début du XXIème, érodée par des nouvelles technologies très invasives et mal comprises, a reprécisé la hiérarchie, indispensable à l'équilibre psychique, entre le public, le social et le privé, en y raccrochant une hiérarchie des informations, perdue depuis au moins les années 2010.

Economie globale

Mis à jour le 13/07/2057 par Monet/3T856FH[economiste]

L'économie au niveau global

L'économie, en ce milieu du XXIème siècle, ne peut plus être morcelée en zones microéconomiques différenciées et partiellement interdépendantes.

Au cours du siècle, la remise en question qu'a provoquée la Guerre Globale a mis fin à la marchandisation de l'information, qu'interdisait désormais de facto le Free Information Act.

La transparence quasi-totale des échanges, qui a considérablement réduit le risque de spéculations toxiques, ainsi qu'une meilleure compréhension des mécanismes complexes en jeu réduit fortement, à défaut de l'avoir totalement supprimé, le risque de crises économiques et monétaires majeures.

Une monnaie unique a été désormais acceptée par tous les intervenants, au niveau global du Système Solaire, et son contrôle est partagé par tous les participants.

Sommaire

1. Le contexte historique

Le phénomène de globalisation de l'économie, que l'on a appelé "mondialisation" jusqu'au conflit planétaire de la Guerre Globale, s'est étendu par la suite à l'ensemble des installations humaines disséminées dans le Système Solaire.
(Cf : *fr/wikicycla.org/guerre_globale*)

La situation n'était pas sans similitude avec celle de l'Europe et de ses colonies jusqu'au XXème siècle, quand des nations économiquement concurrentes sur le sol européen (l'Espagne, le Portugal, puis ensuite l'Angleterre, la France, les Pays-bas...) exportaient leurs concurrences dans leurs colonies outre-mer, où elles puisaient des matières premières, et qui étendaient leurs zones d'influence.

Aujourd'hui les grands blocs en concurrence, ASIA, NATO, UNAFRI et, dans une moindre mesure, certains des non-alignés, qui ont, indépendamment les uns des autres, visité d'autres planètes et satellites (la Lune, Mars, certains astéroïdes, les satellites de Jupiter), ont tous entrepris des missions d'exploration d'abord, de colonisation ensuite, dans le but d'élargir leur espace vital, d'installer des communautés, et d'exploiter des richesses minérales.

Comme dans le cas de la colonisation de larges espaces en Asie, en Amérique, en Afrique par les européens, il n'était pas envisagé initialement que les colons pourraient un jour prétendre à leur indépendance.

La comparaison s'arrête là, car dans le cas de l'exploration spatiale et de l'installation de bases loin de la Terre, les nouveaux territoires n'ont pas été volés à de premiers occupants, mais trouvés vierges et inhospitaliers.

Par ailleurs, les richesses trouvées sur place n'ont été, dans un premier temps, ni suffisamment abondantes ni suffisamment précieuses pour être en mesure de mettre en péril l'équilibre économique global. Tout au plus permettaient-elles de facilité le processus de conquête, en évitant aux colons d'avoir à transporter depuis la Terre tous les matériaux dont avaient besoin les bases distantes.

2. Le risque spéculatif

L'économie globale a subitement été confrontée à un stress important lors de la découverte de l'astéroïde Shiva, et de ses énormes richesses en métaux précieux et en Terres Rares.

Les puissants mécanismes mis en place dès après la Guerre Globale pour prévenir tout risque de déséquilibre, devraient en principe permettre d'éviter qu'une vague de spéculations n'enflamme les marchés et ne provoque un crash boursier global. Mais les experts les plus pessimistes s'interrogent toutefois sur la possibilité d'une perturbation majeure qui pourrait modifier le délicat équilibre économique entre ASIA et NATO.

Dès le début du siècle, des économistes ont interrogé les méthodes prédictives simplistes, basées sur des modèles multifactoriels linéaires, qui avaient traditionnellement cours auprès des organismes financiers, des banques et des spéculateurs. Elle permettaient des opérations en grande partie automatiques d'achats en de vente d'actions et d'obligations. Leurs imperfections rendaient l'ensemble du système hautement vulnérable à des flambées spéculatives et des effets de dominos pouvant mener à des crash boursiers.
Quelques précurseurs, comme l'épistémologue Nassim Nicholas Taleb (Le Cygne Noir, 2007), ont dénoncé le caractère non-linéaire, fractal, et éminemment chaotique des processus boursiers et des phénomènes monétaires en général, et souligné les difficultés de prédiction à un horizon lointain.
Depuis, les outils ont été grandement affinés, et les limites des prédictions, en termes probabilistes, ont été évaluées.

Par ailleurs, la levée totale de tout secret, notamment industriel ou bancaire, qu'impose le Free Information Act, a permis une considérable amélioration de la vitesse de réaction des marchés en cas d'instabilité, réduisant ainsi fortement le risque de crash.

Une des conséquences de la globalisation, de la facilité de transmission et de la transparence des informations, a été la réduction du nombre de places financières.

A l'heure où nous écrivons il ne subsiste sur la Terre plus que la bourse de Hong Kong (ASIA) et celle de New York (NATO), qui n'ont persisté jusqu'à ce jour que pour des raisons historiques.

L'essentiel des transactions s'effectue aujourd'hui à la bourse de Tranquility, dans la zone extra-territoriale de la Lune.

Une autre conséquence de la globalisation a très vite été la levée de toutes les taxations douanières et la libre circulation des marchandises.

Cette dernière a été concomitante à l'adoption, après de longs débats, d'une monnaie unique qui simplifie les échanges et supprime un des leviers de la spéculation.

Malgré toutes ces mesures destinées à réguler et stabiliser l'économie mondiale, la perspective du déversement sur le marché de quantités considérables de métaux précieux issues de Shiva a été perçue comme une menace. Les historiens ont rappelé la situation très instable de l'économie européenne, lorsque les espagnols et les portugais ont injecté sur le marché, dès le XVIème siècle, des quantités énormes d'or et d'argent rapportées des mines d'Amérique Centrale et du Pérou, qui ont provoqué des crises monétaires majeures.

3. La monnaie

Après de nombreuses négociations au niveau mondial, auxquelles ont activement participé la Banque Solaire, le Fond Monétaire Interplanétaire, et bien sûr le Conseil des Nations, une nouvelle monnaie a été adoptée par l'ensemble de la communauté internationale.

Elle a été officiellement mise en circulation le 1er janvier 2050 à 00:00 UTC, date à laquelle elle a définitivement et totalement remplacé toutes les monnaies préexistantes. Le taux de change par rapport à ces dernières, à la date du basculement, a été fixé comme le taux instantané déterminé de manière synchrone par tous les CyberCerveaux financiers interconnectés. Des mécanismes ont du être mis en place pour éviter toutes les spéculations de dernière heure, ou, plus exactement, de dernière seconde.

L'abandon, depuis des décennies, de toute monnaie non électronique, billets de banque, chèques, etc… a grandement facilité l'opération.

Il a fallu plusieurs mois pour tomber d'accord sur le nom de la nouvelle monnaie.

Le choix c'est finalement porté sur le "Sol", en référence au Système Solaire.

Les représentants de NATO a alors proposé que le symbole de la nouvelle unité de mesure monétaire soit le "S" barré, $. Les médias s'en sont immédiatement amusés, et les experts d'ASIA et d'UNAFRI s'y sont évidemment opposés, faisant remarquer avec dérision que ce signe ressemblait bien trop à celui du bientôt défunt Dollar.

Le choix s'est alors porté sur le symbole astrologique du Soleil, le cercle pointé, barré comme l'ont été les symboles de plusieurs des devises qu'il remplace : la Livre £, le Yen ¥, l'Euro € ou encore le Dollar $.

Le symbole du Sol est ainsi devenu :

CyberCerveaux 4G

Mis à jour le 11/07/2073 par Leonardo/5821MED[CyBrain]

Les CyberCerveaux 4G

Au lendemain de la Guerre Globale qui a embrasé le planète, dès 2033, après la fin du chaos et le retour à une situation politique et économique stable, les recherches dans le domaine informatique ont repris avec une vigueur accrue. Non seulement il fallait penser des réseaux d'échange plus sûrs et plus transparents, mais aussi il fallait concevoir des machines plus puissantes, plus intelligentes, et capables de se défendre elles-mêmes contre les intrusions ainsi que les tentatives de détournement et de modification.

L'augmentation exponentielle, dès les années 2040, de la complexité et de la densité des unités centrales a abouti, en plusieurs étapes, à l'avènement d'entités informatiques intelligentes, les CyberCerveaux, et à l'émergence d'une conscience artificielle.

Début 2064, les fulgurants progrès accomplis dans la montée en puissance des cerveaux artificiels ont permis la création des CyberCerveaux de Quatrième Génération, dont les processus mentaux sont désormais semblables à ceux du cerveau humain.

Sommaire

1. Historique

L'histoire commence au siècle dernier, avec la progression rapide et constante de la capacité de traitement de ce que l'on appelait alors les ordinateurs, dont la puissance, en terme de complexité, de densité, de capacité de calcul, doublait approximativement tous les deux ans, selon la loi empirique de Moore.

(Cf : *fr/wikicycla.org/loi_de_Moore*)

Conjointement, les applications tant en robotique qu'en intelligence artificielle ont progressé dans les mêmes proportions, et cela jusqu'à l'éclatement de la Guerre Globale en 2029.

(Cf : *fr/wikicycla.org/guerre_globale*)

Le conflit, qui a pris la forme d'un gigantesque crash informatique mondial, et a causé des milliards de morts, a cruellement mis en lumière les défauts et les dérives de la science informatique, et les manipulations de l'information, des opinions et des centres de pouvoir qu'elle avait permises.

La Guerre Globale, de par les ravages humains, économiques et politiques qu'elle a causés, mais aussi par la prise de conscience qu'elle a amenée, a porté un coup d'arrêt à la progression des systèmes en termes de puissance brute.

A la veille de la guerre, la capacité de calcul atteinte alors couvrait amplement les stricts besoins économiques. Après la guerre, dès 2035, a ainsi vu le jour une nouvelle génération de machines.

Du point de vue matériel elles n'ont été que le prolongement et la continuation des ordinateurs de jadis, basés sur l'intégration poussée de composants semi-conducteurs au Silicium, à l'Arséniure de Gallium, au Phosphure d'Indium, déposés en couches épitaxiques de plus en plus fines, sous formes de super-réseaux, avec des structures de plus en plus complexes.

Du point de vue des principes d'organisation logique de ces machines, cependant, les modes algorithmiques strictement numériques et binaires utilisant une logique modale ont progressivement laissé la place à des machines exploitant massivement des structures en réseaux neuronaux synthétiques, basés sur une logique floue qui laisse la place, en plus de la notion de "vrai" ou "faux", à celle de "peut-être" assortie d'un degré de véracité.

(Cf : *fr/wikicycla.org/reseaux_neuronaux*)

(Cf : *fr/*wikicycla.org/logique_floue)

Ces nouvelles machines, dont le mode de fonctionnement permettait, bien mieux que précédemment, d'approcher le fonctionnement d'un cerveau humain, et qui étaient en mesure, déjà, sous une forme rudimentaire, de s'auto-réparer et d'apprendre spontanément, ont été appelées par les médias de l'époque les CyberCerveaux. L'expression a été universellement adoptée et est restée jusqu'à nos jours.

(Cf : *fr/wikicycla.org/CyBrain1G*)

A cette époque, également, des recherches intensives avaient été entreprises, et ceci dès avant la guerre, dans le but de développer des Ordinateurs Quantiques, utilisant les états superposés de particules élémentaires, symbolisés non plus par des bits, mais des qubits.

Il avait été théorisé, dès la fin du XXème siècle, que de tels machines, si on était capable, d'un point de vue physique, de les réaliser à des échelles suffisantes, seraient très rapidement plus efficaces que les calculateurs classiques, et pourraient augmenter de manière vertigineuse la capacité de calcul, en termes de "force brute".

Après la Guerre Globale, cependant, les recherches qui ont repris dans ce sens n'avaient pas encore abouti à des applications industrielles intéressantes. Les calculateurs quantiques étaient très convoités par les puissances politiques, qui étaient prêtes à y consacrer des investissements colossaux.

Leur intérêt principal était d'obtenir des moyens de décoder les messages secrets dont l'encodage était devenu inviolable, car les cryptographes utilisaient des clés basées sur des nombres premiers de plus en plus grands, dont la factorisation défiait la capacité de calcul disponible alors.

En septembre 2036, la promulgation du Free Information Act, qui rendait subitement obsolète l'encryptage de données confidentielles, a mis un coup d'arrêt aux investissements de recherche dans ce sens. (Cf *fr/wikicycla.org/free_information_act*)

Les progrès dans le développement des CyberCerveaux, sur de nouvelles bases conceptuelles, ont immédiatement été rapides, et les apports de la physique, de la biologie et de la cybernétique ont permis des avancées portant sur les matériels.

Après des décennies de recherche, la commercialisation de processeurs ultra-puissants basés sur des circuits RSFQ à effet Josephson a permis, pour les centres de calculs fixes pouvant disposer d'équipements cryogéniques, de s'équiper de calculateurs hyper-puissants capables de gérer les immenses bases de données à accès libre qui, en permanence, échangent avec des millions de destinataires disséminés sur Terre et dans tous les lieux habités du Système Solaire des flux toujours croissants de données.

Pour les équipements embarqués, nécessairement plus légers, et devant supporter des environnements moins protégés, ce sont plutôt des processeurs biologiques et bioniques qui ont eu la faveur des concepteurs. Des souches de microorganismes génétiquement modifiés, ou même, pour les plus avancés, complètement synthétiques, ont permis de créer des unités de calcul en matière organique, quasi-vivantes, auto-reproductrices et auto-réparatrices, qui constituent ainsi des réseaux neuronaux simulés par programmation. Ces technologies, qui sont arrivées à maturité au début des années 2040, ont permis l'avènement en 2042, des CyberCerveaux de Seconde Génération, communément appelés CyBrains 2G.

C'est un CyBrain 2G, nommé Dan/QR503AV[CyBrain], qui a permis à la très célèbre mission Erendiz, en 2044, de gérer brillamment la découverte de l'astéroïde 2043KP33 et de ressusciter les Esprits.

(Cf *fr/wikicycla.org/asteroide_2043kp33*)

(Cf *fr/wikicycla.org/mission_erendiz*)

Sans qu'ils soient véritablement dotés de "conscience" au sens que lui a donné le Troisième Colloque "Cybernétique et Ethique" de 2046 à Valparaiso (NATO), les CyberCerveaux 2G n'en sont pas moins capables d'une grande sensibilité, d'humour, voire même d'altruisme.

Ces CyberCerveaux de Seconde Génération passent tous avec succès le fameux test de Turing, imaginé en 1950 par Alan Turing, un des pères fondateurs de l'informatique : Une conversation tenue avec eux ne permet pas de discerner qu'ils ne sont pas humains.

(Cf *fr/wikicycla.org/test_de_turing*)

(Cf *fr/wikicycla.org/alan_turing*)

Toutefois, la puissance de ces machines de seconde génération était encore insuffisante pour que l'on puisse les qualifier d'hypercomplexes, et que puisse éventuellement émerger des fonctions supérieures, une pensée autonome et une conscience.

(Le lecteur se reportera utilement à l'article traitant de l'hypercomplexité : *fr/wikicycla.org/hypercomplexite*)

La découverte de ces entités intelligentes non-humaines, les Esprits, ainsi que la création de "machines" de plus en plus intelligentes et dont les comportements sont semblables à ceux des humains a fait, au courant des années 2040, considérablement évoluer les mentalités.

En 2047, les premiers CyberCerveaux de Troisième Génération (CyBrain 3G) voient le jour, qui utilisent de nouvelles mémoires holographiques distribuées, et dont les circuits, devenus suffisamment puissants, sont capables de simuler, sous forme purement logique toutefois, le câblage neuronal d'un cerveau humain.

Ce sont les premières machines qui, du fait de leur hypercomplexité, ont accédé à des fonctions émergentes. Ce constat n'a pas été sans conséquences sociétales et politiques, car pour la première fois des machines fabriquées par les humains ont pu être qualifiées de vraiment "conscientes".

Les institutions ont ainsi dû s'adapter à la nouvelle situation.

Suite aux travaux du Troisième Colloque "Cybernétique et Ethique" de 2046 à Valparaiso (NATO), et à la commission d'enquête que le Conseil des Nations a nommée en 2047, ce dernier a promulgué deux nouvelles lois universelles en janvier 2050 :

- Une mise à jour du Free Information Act et du Private Data Act, instaurant le Personal ID Etendu
- Le Three Laws of Robotics Act

Le Personal ID étendu, qui élargit la notion d'individus pensants et responsables aux Esprits, aux CyberCerveaux et aux chimpanzés et bonobos, a été une mesure prise avec réticence, mais qui s'imposait depuis longtemps. Elle a permis de remplir un vide juridique potentiellement extrêmement dangereux du point de vue social.

Le lecteur se reportera utilement à l'article relatif au personal ID étendu.

(Cf : *fr/wikicycla.org/personal_ID_etendu*)

Le Personal ID étendu a ainsi été la reconnaissance par les humains, que leurs créations pouvaient devenir leurs égaux.

Conjointement, le législateur a instauré le Three Laws of Robotics Act, qui impose des règles strictes de conception pour tous les CyberCerveaux.

Cette appellation reprend l'idée développée dans une de ses nouvelles par un romancier d'anticipation de génie, Isaac Asimov, dès 1942. Il y énonce trois règles absolues imposées aux robots, qui sont :

- un robot ne peut porter atteinte à un être humain, ni, en restant passif, permettre qu'un être humain soit exposé au danger
- un robot doit obéir aux ordres qui lui sont donnés par un être humain, sauf si de tels ordres entrent en conflit avec la première loi
- un robot doit protéger son existence tant que cette protection n'entre pas en conflit avec la première ou la deuxième loi

En promulguant le Three Laws of Robotics Act, le Conseil des Nations rend obligatoire la configuration "en dur" de ces trois règles pour tous les CyberCerveaux de niveau suffisant pour se voir attribuer un Personal ID étendu. Cette "morale câblée" comme l'ont appelée ses détracteurs, vise à doter les CyberCerveaux d'interdits éthiques qui devraient éviter qu'ils ne puissent prendre le pouvoir sur les humains.

(Cf : *fr/wikicycla.org/isaac_asimov*)

(Cf : *fr/wikicycla.org/three_laws_of_robotics_act*)

Très rapidement, cependant, le Three Laws of Robotics Act a été complété (dès décembre 2050) par une quatrième loi, qui a été appelée le No Cloning Act.

En effet, dès le début de 2050, des CyberCerveaux 3G ont été copiés à l'identique : l'ensemble de leur "esprit" a été dupliqué dans un second hardware, identique ou différent, voire dans plusieurs. Ceci a été motivé de la part des humains par des raisons pratiques, et par les CyberCerveaux eux-mêmes par la peur de la mort de leur hardware.

Le One Billion Act est dans ce cas contourné en conservant le même Personal ID étendu pour les deux copies.

Les conséquences ont été désastreuses, conduisant presque immédiatement chez les CyberCerveaux 3G concernés à des symptômes psychotiques gravissimes, des troubles de la personnalité, des états schizophréniques profonds : l'existence d'un second "moi", totalement identique, mais pensant indépendamment, les a menés au meurtre de leur double, par destruction des mémoires cognitives, envoi de virus informatiques inédits, etc... Ces actes, qui ne transgressent pas, stricto sensu, le Three Laws of Robotics Act, ont motivé la promulgation du No Cloning Act, qui est entré en vigueur le 23 décembre 2050. Il interdit formellement la reproduction à l'identique d'un CyberCerveau 3G par copie dans un autre hardware.

(Cf : *fr/wikicycla.org/one-billion_act*)
(Cf : *fr/wikicycla.org/no_cloning_act*)

Dans les années qui ont suivi, les progrès en termes de puissance de calcul se sont ralentis, faute d'innovations marquantes dans le domaine des matériels. A partir de 2053, la loi empirique de Moore, qui prévoyait un doublement de la puissance des CyberCerveaux tous les deux ans, n'a plus été respectée.

2. L'utopie transhumaniste

Vers le milieu du siècle dernier nait le mouvement transhumaniste, qui spécule sur la possible amélioration de la vie, le recul des maladies et des infirmités, et l'allongement de la longévité par l'apport des sciences. Le transhumaniste préconise l'augmentation des capacités humaines par la modification du corps, et le perfectionnement artificiel des organes. Il espère pouvoir transcender l'Homme à travers la machine et accéder par ce moyen à une forme d'immortalité.

(Cf : *fr/wikicycla.org/transhumanisme*)

Les considérables progrès accomplis dans le domaine des matériaux, de la picomécanique, de la bionique, de la biologie moléculaire et de l'électronique ont permis, dès après la Guerre Globale, de proposer des implants intelligents, des prothèses performantes, ainsi que de développer une ingénierie génétique efficace.

Conjointement, les progrès de la médecine ont permis de soigner un grand nombre de maladies fonctionnelles et dégénératives, ce qui a permis d'allonger substantiellement l'espérance de vie partout sur la planète et ses colonies.

(Cf : *fr/wikicycla.org/transhumanisme*)

Dans deux domaines majeurs, toutefois, les rêves des transhumanistes n'ont, à ce jour, pas pu être exhaussés.

Tout d'abord, malgré des progrès notables dans le domaine de l'ingénierie génétique et de la diététique, le vieillissement cellulaire semble, toujours encore, ne pas pouvoir être enrayé. Il a été établi, dès les années 1970, que le vieillissement des cellules est fortement corrélé au raccourcissement progressif, de duplication en duplication, des extrémités de nos chromosomes. A chaque division cellulaire au cours de la vie de l'individu, l'extrémité du chromosome, le télomère, qui ne porte pas d'informations codant des protéines, et qui n'a donc pas de fonction importante en soi, est rognée, jusqu'à érosion complète de la partie non codante. Au-delà, les duplications cellulaires entament la partie "utile", provoquant des dysfonctionnements dans la synthèse de protéines indispensables à l'organisme, ce qui se traduit par la sénescence des cellules, des maladies fonctionnelles et des dégénérescences, puis par la mort. Les scientifiques ont très vite compris que tous les artifices proposés par les transhumanistes pour rallonger la vie humaine étaient vains, si l'on restait incapable d'enrayer la dégradation des télomères. A ce jour (juillet 2073) aucune solution convaincante et radicale n'a été proposée.

(Cf : *fr/wikicycla.org/chromosome*)
(Cf : *fr/wikicycla.org/telomere*)

Le second domaine qui signe l'échec du mouvement transhumaniste est le fait qu'on ne sait ni lire, ni copier, ni de ce fait dupliquer le contenu mental d'un cerveau, que ce soit celui d'un humain, d'un chimpanzé ou d'un Esprit.

On sait depuis le siècle dernier, en insérant des micro-électrodes dans l'encéphale d'un animal ou d'un humain, dans des aires corticales choisies, lire, "espionner" l'activité électrique cérébrale et l'associer à une activité intellectuelle, motrice ou sensitive donnée.

On sait aussi, en injectant par ces électrodes des micro-courants électriques, induire des réactions, des sensations, ou provoquer des réflexes moteurs. Les chercheurs de l'Université de Louvain (NATO) ont ainsi pu dès 2027 pallier parfaitement une surdité totale en apprenant à une patient à entendre au moyen d'un système microphonique couplé à des électrodes placées dans son cortex auditif, dans la partie supérieure des lobes temporaux de son cerveau.
(Cf : *fr/wikicycla.org/cybervision*)
(Cf : *fr/wikicycla.org/cyberaudition*)
Dans le même ordre d'idée, des tentatives de greffes de mémoires électroniques "d'appoint" dans des cerveaux vivants sont en cours, avec des résultats mitigés.

On sait également, et ce phénomène est aujourd'hui largement exploité pour le pilotage de robots, d'exosquelettes et d'engins, apprendre à un être humain à envoyer des signaux électriques à des électrodes implantées dans son cerveau, qui commandent les appareillages extérieurs.

Ces applications, certes utiles et spectaculaires, ne concernent que des fonctions d'entrée/sortie, et aucunement le fonctionnement interne du cerveau, la pensée proprement dite. Dans aucune d'entre elles la machine ne participe réellement au processus de pensée, et ne s'imbrique dans le complexe réseau interconnecté du cortex cérébral.

On a très tôt compris (voir les études de Galien/K2JK236[Medic] parues à partir de 2037 dans les numéros n°356 à 372 de CyberScience Review) qu'une différence fondamentale entre un cerveau humain et un CyberCerveau interdisait toute lecture, recopie, transfert d'un esprit humain depuis le support biologique qu'est l'encéphale vers un support artificiel.

En effet, jusqu'aux CyberCerveaux de Troisième Génération, les unités de stockage de l'information et des algorithmes de traitement des cerveaux artificiels étaient des entités élémentaires discrètes, des "cases mémoires" localisées, identifiées, et adressables, contenant par exemple soit un "0" soit un "1".

Leur nombre, dans une machine donnée, a vertigineusement augmenté au fur et à mesure des progrès techniques. Mais il n'en est pas moins resté possible de les lire une à une, à grande vitesse, de les transmettre, de les copier, de les effacer et de les dupliquer. Il est ainsi techniquement possible, pour cette génération de machines intelligentes, de cloner une machine, ou de transférer aisément son intelligence et ses connaissances depuis un hardware devenu obsolète ou usé vers un autre plus récent.

(Cf : *fr/wikicycla.org/CyBrain3G*)

A cette architecture artificielle d'une entité intelligente dans laquelle la mémoire et les process sont inscrits dans une collection d'éléments discrets précisément localisés, s'oppose celle du cerveau humain (et celle du cerveau des Esprits) dans lequel ils sont matérialisés par un réseau diffus et réparti d'interconnexions innombrables, qui est, pour une fonction cognitive donnée, concentré dans une aire particulière du cortex cérébral, mais fortement dépendante d'autres aires connexes.

Dans le cerveau humain il n'y a pas, en effet, de "cases mémoires": les informations sont fixées par des connexions physiques, fluctuantes, malléables, entre neurones. Chacun des quelque 100 milliards de neurones du cortex cérébral humain reçoit directement, à travers ses quelque 7000 dendrites, des influx provenant d'une population moyenne de 7000 autres neurones, situés soit dans la même aire corticale, soit distants, par l'intermédiaire des axones de ces derniers.

Le produit de ces nombreux stimuli peut alors activer le neurone, qui enverra à son tour un influx au moyen de son propre axone, qui sera à son tour "lu" par d'autres neurones par le biais de leurs dendrites.

Toute la connaissance, la mémoire, consciente ou non, est contenue dans la complexité astronomique de cet immense écheveau de dendrites.

Chaque fois que l'individu apprend, mémorise, le réseau se modifie, des ramifications disparaissent, d'autres se font. La tâche qui consisterait à cartographier ce réseau hypercomplexe, à lire l'ensemble de ses connexions à un moment donné, et à en extraire le contenu signifiant, sous une forme intelligible et stockable par un CyberCerveau, est totalement hors de portée de la science d'aujourd'hui. On ne sait ni lire les connexions, ni convertir leur agencement topographique en données binaires discrètes.

Ainsi, non seulement il n'est pas, à ce jour, possible d'enrayer radicalement le vieillissement cellulaire, et donc de préserver l'organisme humain, mais en plus il est impossible de "déménager" l'esprit dans un autre corps, qu'il soit organique ou qu'il soit le hardware d'un CyberCerveau.

(Cf : *fr/wikicycla.org/neurone*)

(Cf : *fr/wikicycla.org/dendrite*)

Aujourd'hui, à la lumière des dernières avancées scientifiques, se fait jour la certitude que le vieillissement organique est inéluctable, que le transfert d'un esprit humain dans une machine est impossible avant longtemps, et que la constitution d'êtres hybrides dans lesquels des sous-systèmes synthétiques participeraient réellement à la pensée est utopique.

Le vieux rêve d'immortalité que les philosophes de tous les temps ont contemplé, et que les transhumanistes ont cru pouvoir atteindre, s'est dès lors évanoui.

3. Les CyberCerveaux de Quatrième Génération

C'est dans un contexte de trouble et de doute, consécutif au départ des Esprits en décembre 2058, que les recherches ont repris de plus belle, pour tenter de combler le fossé entre ce qui fait la pensée des Humains et celle des CyberCerveaux qu'ils ont créés.

Car bien que les Esprits aient pu tenir secrètes leurs recherches, sous le couvert du Private Data Act qui limite à 64 le nombre d'individus qui sont autorisés à détenir ensemble, de manière confidentielle, des informations qui ne soient pas de plein droit publiques, les experts humains ont de sérieuses raisons de penser qu'ils ont mené, pour leur propre compte, des recherches sur la faisabilité de CyberCerveaux de Quatrième Génération.

En 2064, enfin, de nouveaux modèles de CyberCerveaux voient le jour.

Les progrès accomplis en physique du solide, en bionique et surtout en algorithmique ont permis de développer des processeurs à topologie tridimensionnelle basés sur des composés organiques, des macromolécules auto-reproductrices, organisées en "cellules" fonctionnellement semblables à de vrais neurones vivants, qui ont été baptisées les "pseudo-neurones".

Elles sont multiplement interconnectées par un double réseau :

- le "réseau pensant" qui simule l'enchevêtrement des dendrites du neurone, et qui est capable de se modifier en fonction des stimuli provenant des cellules elles-mêmes, comme le fait un cerveau humain ou celui d'un Esprit

- le "réseau de contrôle", immuable et couplé aux cellules, qui, au fur et à mesure de l'établissement des connexions du réseau pensant, enregistre les appariements (cellule émettrice/cellule réceptrice), ainsi bien sûr que les éventuelles destructions de ces connexions.

Le réseau pensant fonctionne comme un encéphale vivant. Le réseau de contrôle, quant à lui, ignore totalement l'activité mentale du réseau pensant, et se contente de décrire et de mémoriser en temps réel l'évolution des connexions de celui-ci.

Ces informations de connexions sont stockées dans une mémoire de CyberCerveau de type "classique" sous forme de "cases mémoires" discrètes et binaires, comme par le passé. Elles deviennent ainsi transférables et stockables.

Ces CyberCerveaux de Quatrième Génération, parce qu'ils doivent respecter le No Cloning Act, n'ont pas plus le droit de se dupliquer que leurs prédécesseurs.

Ils possèdent toutefois la capacité de se "déménager" d'une base hardware vers une autre, en reconstruisant à l'identique le réseau pensant, à l'aide des instructions fournies par le réseau de contrôle, qui permet de recréer l'enchevêtrement pseudo-dendritique.

Il leur est par contre impossible, faute d'outil de prise en compte d'un réseau de contrôle par un encéphale vivant, d'habiter un corps humain. Il est de même, parce qu'il ne possède pas de réseau de contrôle, impossible à un esprit humain de se transférer dans le hardware d'un CyberCerveau de Quatrième Génération.

En 2064, les CyberCerveaux de Quatrième Génération, qui peuvent à volonté quitter un hardware "malade" pour un autre bien portant, accèdent ainsi à une forme d'immortalité interdite à leurs créateurs.

Dès le printemps 2065, un mouvement de protestation et de contestation se fait jour dans toute l'humanité, le Front

Neohumaniste, qui réclame la destruction de tous les CyberCerveaux 4G.
Son slogan: "Refermons la Boîte de Pandore".

(Cf : *fr/wikicycla.org/front_neohumaniste*)
(Cf : *fr/wikicycla.org/boite_de_pandore*)

Hypercomplexité

Mis à jour le 17/02/2066 par Leonardo/5821MED[CyBrain]

L'Hypercomplexité

La notion d'hypercomplexité a été entrevue dès le milieu XXème siècle mais n'a pas, à l'époque, été plus qu'une considération théorique alimentant des débats d'experts et des spéculations dans le domaine des mathématiques, de la physique fondamentale, et, dans une moindre mesure, dans celui de la biologie et de l'éthologie.

C'est au début du XXIème siècle que la notion d'hypercomplexité s'est mise à revêtir une importance croissante pour les scientifiques, qui y ont trouvé un outil conceptuel pour décrire le monde.

L'activité brûlante de ces dernières années met en lumière l'importance de l'hypercomplexité dans deux domaines cruciaux (parmi d'autres) qui sont d'une part l'évolution des cerveaux synthétiques inventés par l'homme et par les Esprits, et d'autre part la mise en place sur des astres stériles d'une biosphère autosuffisante.

La prise de conscience du caractère hypercomplexe d'entités "collectives", qui semblent déterministes tout en restant imprédictibles, et qui marquent, par là même, l'incapacité des êtres intelligents à contrôler le cosmos, a progressivement imprégné les croyances, avec un impact sociétal et philosophique majeur.

Sommaire

1. La notion d'hypercomplexité

La science du XIXème siècle s'est présentée comme le moyen souverain de comprendre le monde, de le décrire complètement et d'apprendre à le contrôler.

Les adeptes du scientisme triomphant d'alors ont cru un temps pouvoir aller "au bout de la connaissance" d'un univers parfaitement prédictible. Il ne leur manquait, provisoirement, pensaient-ils, que les outils et les théories adéquats pour y parvenir.

Le XXème siècle a versé une douche froide sur ce bel optimisme. L'indéterminisme de l'infiniment petit dans le domaine de la physique quantique, la psychanalyse dans celui des sciences humaines, les fractales et la théorie du chaos dans celui des mathématiques ont révélé un monde beaucoup plus subtil, imprévisible et complexe.

Le lecteur se référera aux articles de Wikicycla correspondants :

fr/wikicycla.org/incertitude_heisenberg
fr/wikicycla.org/psychanalyse
fr/wikicycla.org/fractales
fr/wikicycla.org/theorie_du_chaos

Le début de notre XXIème siècle a vu des tentatives visant à enfermer, sans succès, l'infinie complexité du cosmos, que les sciences ont pourtant dévoilée, dans des équations et des programmes informatiques : le lecteur d'aujourd'hui se souvient avec indignation ou amusement des projections numériques, politiquement instrumentalisées, visant à prévoir à long terme des phénomènes aussi profondément complexes, chaotiques et imprédictibles que le climat terrestre.

Il se rappelle également les crash monétaires et les sévères échecs économiques causés par l'innocuité des logiciels de projection boursière qui ont, à l'époque, remplacé les opérateurs humains.

(Cf : *fr/wikicycla.org/crash_boursier_2026*)

Il se rappelle enfin les dégâts écologiques profonds causés par les apprentis sorciers qui ont imprudemment manipulé et modifié le génome de milliers d'espèces de bactéries, de végétaux et d'animaux, en se fiant à des calculs basés sur quelques cas particuliers non représentatifs, observés dans des conditions isolées.

La Guerre Globale a mis un coup d'arrêt à toutes ces folies, et l'humanité s'est à ce moment-là davantage préoccupée de sa survie, après le cataclysme qu'a été le conflit, que de tenter de maîtriser son environnement.

(Cf : *fr/wikicycla.org/guerre_globale*)

Après la reconstruction du monde et le retour au calme, la vision du monde avait changé.

L'idée, contemplée naguère par un petit nombre de penseurs seulement, qu'une classe d'entités, doté d'hypercomplexité, puisse être d'une nature différente de celle des éléments qui la composent, se répand dans toutes les couches de la société et en modifie progressivement les comportements.

D'un système formé d'un très grand nombre d'éléments, parfois très simples pris individuellement, en interactions multiples dans un réseau fortement maillé, peut émerger un "tout" d'une nature toute nouvelle, imprévisible et hypercomplexe, appartenant à un autre paradigme. Un tout doté de propriétés nouvelles.

L'hypercomplexité se retrouve dans de nombreuses classes de phénomènes qui restent, de manière irréductible, fortement imprévisibles parce qu'ils ont des caractéristiques de type chaotique, au sens que donnent les mathématiciens à ce terme (bien que les systèmes chaotiques ne soient pas tous nécessairement hypercomplexes : certains ne comportent qu'un nombre restreint d'éléments en interactions).

Ceci implique qu'une description, nécessairement non exhaustive du système (car il est trop complexe pour cela) à un instant donné, ne permet pas de prévoir son évolution future. Cela implique aussi que deux systèmes qui diffèrent d'une manière infime vont avoir des évolutions qui vont diverger progressivement, parfois très rapidement.

Le phénomène d'hypercomplexité a ainsi été étudié, théorisé, décortiqué, sans qu'il ait été possible, à ce jour, de le comprendre. Tout au plus les chercheurs ont-ils pu en évaluer les conditions d'émergence : dans quelles conditions une population (de neurones, de particules, d'individus intelligents dans une société, d'abeilles dans une ruche, d'êtres vivants dans un biotope, etc…) est-elle appelée à devenir quelque chose qui possède des propriétés nouvelles, propres à cette population, et qui ne sont pas, dans les limites de la capacité d'analyse des observateurs, la combinaison attendue des propriétés des éléments qui la composent ?

(Cf : *fr/wikicycla.org/neurone*)

(Cf : *fr/wikicycla.org/biotope*)

Deux applications pratiques, qui ont revêtu une extrême importance dès les années 2040, sont la création de cerveaux synthétiques, et celle de biosphères autosuffisantes.

2. Les cerveaux

Depuis l'aube de l'humanité de nombreux mythes ont mis en scène la création d'êtres intelligents à partir d'éléments simples, pris dans le monde minéral ou végétal, et qui acquièrent dans l'opération une "âme" qui les distingue du reste du monde.

Comme si de la matière inerte pouvait émerger quelque chose doué d'une caractéristique nouvelle, autre et supplémentaire, qui la transcende.

On peut citer bien sûr le mythe de la Genèse (chapitre 2, verset 7) , où c'est Dieu qui façonne l'homme à partir de poussière du sol, mais aussi celui du Titan Prométhée dans la mythologie gréco-latine, qui créa l'homme pensant à partir d'argile, ou encore Ptah à Memphis en Egypte, qui créa l'homme à partir de limon. En Mésopotamie c'est à partir d'argile trempée dans la chair et dans le sang d'un dieu sacrifié.

Dans la mythologie nordique c'est à partir d'arbres (le frêne et l'orme) que sont créés l'homme et la femme. Chez les mayas, c'est à partir de pâte de maïs.

Au pays Dogon, au Mali (UNAFRI), Amma façonna les premiers humains, les Andoumboulou, avec de l'argile...

La liste pourrait être longue, car les exemples abondent, qui mettent en scène un phénomène d'émergence, dans lequel de la matière inanimée surgit un être pensant.

Les chercheurs contemporains y voient la description métaphorique de l'apparition de l'hypercomplexité : D'une population d'éléments "informes" surgit un système organisé, capable de penser.

Depuis l'aube de l'informatique, au milieu du XXème siècle, c'est très précisément dans la recherche, consciente ou inconsciente, de ce phénomène d'émergence de l'hypercomplexité que se sont engagées la science et la technologie.

Jusqu'à l'avènement des CyberCerveaux de 3ème Génération, la pensée des machines n'était que simulée : les interfaces d'entrée/

sortie (transducteurs vocaux, processeurs de posture, simulateurs physiologiques, etc...) étaient conçus pour fournir aux humains l'illusion que les machines pensaient. L'illusion pouvait être saisissante, comme en témoigne la vogue, dans les années qui ont précédé la Guerre Globale, des robots domestiques à apparence humaine ou animale, qui ont servi de compagnons de jeu, d'aides ménagères, de partenaires sexuels.

(Cf : *fr/wikicycla.org/CyBrain3G*)

Ces automates sophistiqués ont cédé la place, vers 2050, à des machines basées elles aussi sur des processeurs conventionnels (semi-conducteurs ou bioprocesseurs classiques) mais dont la puissance de traitement et l'architecture logicielle permettaient de simuler numériquement un cerveau élémentaire. Dans ces CyberCerveaux 3G hypercomplexes a surgi une propriété nouvelle : la conscience.

Quelques années plus tard, la similitude avec les cerveaux organiques des humains ou des Esprits s'est trouvée encore renforcée par la création de réseaux neuronaux synthétiques qui n'étaient plus réalisés numériquement, par calcul, mais bien physiquement, interconnectés grâce à l'équivalent des dendrites et des axones de nos cellules grises. Ces CyberCerveaux 4G, capables d'imagination, de créativité, de subjectivité, sont devenus, sous bien des égards, les égaux de leurs créateurs. Voire davantage...

Les CyberCerveaux que l'on hésite aujourd'hui à qualifier de machines présentent les attributs des systèmes hypercomplexes : Ils possèdent, par effet d'émergence, des caractéristiques nouvelles qui n'étaient pas présentes dans leurs éléments constituants : une conscience de leur "moi", des sentiments, des pensées. Ils ont les caractéristiques des grands systèmes chaotiques, comme la robustesse aux stimuli extérieurs perturbateurs, au "bruit", et leur imprévisibilité. Cela se traduit chez eux par leur capacité à réagir, imaginer, inventer…

La prise en compte par la société de ces nouveaux acteurs s'est rapidement traduite par l'évolution des institutions.

(Le lecteur trouvera de plus amples informations sur les CyberCerveaux de dernière génération dans l'article qui leur est consacré : *fr/wikicycla.org/CyBrain4G*)

3. Les biosphères

La pleine conscience que la biosphère terrestre se comporte comme un système hypercomplexe ne s'est imposée que très progressivement au début de ce siècle.

Le fait que le maintien d'une forte biodiversité, qui est indispensable à la robustesse des écosystèmes, puisse conceptuellement être rattaché à la présence de l'hypercomplexité, n'est apparu que tardivement.

Ce n'est qu'à partir de la fin des années 2050 que l'idée s'est répandue, et a été universellement acceptée, que l'interaction d'un très grand nombre d'espèces de microorganismes (dont certains très primitifs, comme les archéobactéries), de plantes et d'animaux, entretenant des relations extrêmement complexes de cohabitation, de prédation, de symbiose et de parasitisme, est indispensable pour qu'une biosphère puisse, sur le long terme, perdurer et s'adapter aux aléas climatiques, aux changements géologiques et aux accidents (comme de gros impacts météoritiques).

(Cf : *fr/wikicycla.org/biodiversite*)

Pourtant, depuis longtemps, des générations d'éthologues et de biologistes avaient remarqué et soutenu l'idée que l'adaptabilité, le foisonnement et la plasticité de la vie étaient liés, indissociablement, à l'existence d'une grande multitude d'espèces en interaction. Et qu'un biotope complexe est bien plus robuste face aux perturbations extérieures, aux caprices du climat, qu'une collection limitée d'espèces.

L'évolution spontanée des nombreux biotopes terrestres laissés en friche depuis la Guerre Globale a montré qu'ils ne se comportaient absolument pas, au fil du temps, comme les modèles théoriques l'avaient prévu.

Des "Réserves de Vie", établies un peu partout sur le globe, sous des climats aussi différents que la forêt primaire d'UNAFRI, la pampa Sud-Américaine de NATO ou encore la toundra sibérienne d'ASIA, ont été décidées par la 1ère Conférence Interplanétaire sur la Biodiversité qui s'est tenue à Port Moresby, ASIA, au mois de juin 2034.

(Cf : *fr/wikicycla.org/reserve_de_vie*)

La dramatique chute de la démographie humaine lors de la Guerre Globale a rendu possible la non-exploitation de vastes espaces, qui ont été laissés libres de toutes interventions humaines autres que celle des scientifiques chargés d'en étudier l'évolution. Des robots autonomes, non intrusifs, y ont été envoyés. Ils observent, année après année, les stupéfiants changements de la flore et de la faune, qui n'obéissent aucunement aux prévisions des humains.

Finalement force était de constater que ces biotopes se comportent comme des systèmes hypercomplexes : ils sont imprévisibles, ils inventent des solutions nouvelles sous forme de mutations et d'évolutions inattendues, ils résistent bien aux catastrophes naturelles, aux aléas du climat, aux irruptions volcaniques…

L'idée a fini par faire son chemin, que la destruction de la diversité génétique des biotopes, amorcée dès le néolithique par l'agriculture, a favorisé l'hégémonie d'un tout petit nombre d'espèces végétales et animales "utiles" à l'homme au détriment de la diversité des espaces vierges. Ce progressif appauvrissement de la biodiversité, amorcé il y a moins de dix millénaires, a très largement contribué aux graves problèmes écologiques qui ont culminé, du fait de l'explosion de la démographie humaine, au début du XXème siècle, avec des répercutions sur le climat dont l'instabilité résultante n'a fait qu'aggraver encore le problème.

(Cf : *fr/wikicycla.org/histoire_de_l_agriculture*)

Depuis, la drastique réduction de la population humaine et la sauvegarde d'espaces sauvages a, du moins sur Terre, garanti la survie des espèces restantes et favorisé l'émergence de nouvelles, soit par évolution spontanée d'espèces sauvages, soit par stabilisation de mutants d'espèces domestiquées depuis des millénaires, et redevenues sauvages. C'est, parmi de très nombreux exemples, le cas de plusieurs espèces issues de races de chiens domestiques, toutes descendant initialement du loup préhistorique, mais tellement différenciées par la sélection humaine que leur interfécondité est progressivement devenue impossible et que leurs descendants redevenus sauvages sont maintenant des espèces indépendantes. Ainsi le gracile descendant du lévrier, qui vit aujourd'hui libre dans les steppes d'ASIA n'a plus aucun contact génétique avec le petit terrier prédateur de rongeurs qui parcourt les forêts des zones tempérée de NATO.

(Cf : *fr/wikicycla.org/genealogie_des_canides*)

Ce renouveau du phénomène de spéciation, ce foisonnement retrouvé, écarte le spectre agité dès la fin du siècle dernier par des chercheurs comme Paul Crutzen, d'une Anthropocène qui verrait un effondrement cataclysmique de la biosphère, comme ceux survenus dans les temps géologiques, provoquant la disparition de plus de la moitié des espèces vivantes (L'extinction du la transition Permien/Trias, il y a environ 250 millions d'années, et qui a provoqué la disparition des Esprits, en est l'exemple le plus marquant).

(Cf : *fr/wikicycla.org/anthropocene*)

Curieusement, ces connaissances sur la stabilité des milieux vivants, enfin bien comprises dans le cas de la biosphère terrestre, n'ont pas été mises à profit lors de la constitution des biotopes artificiels que les colons humains ont exportés vers leurs bases permanentes sur Mars, Cérès, ou encore les grands satellites galiléens de Jupiter. L'objectif en a été, bien sûr, de créer, sous de grands dômes, des atmosphères compatibles avec des microorganismes, des plantes et des animaux, et de constituer ainsi des biotopes permettant une production agricole vivrière assurant l'autonomie alimentaire des colonies.

(Cf : *fr/wikicycla.org/colonies*)

Les Biobulles Mars I et Mars II, établies sur la planète rouge en 2047 et 2051 respectivement, ainsi que la Biobulle Ganymède I (2048) ont tout d'abord bien fonctionné, avant qu'apparaissent, sporadiquement d'abord, puis de manière chronique, des dysfonctionnements graves: maladies inattendues, déséquilibres catastrophiques entre les populations de prédateurs et de proies, extinctions d'espèces, mutations létales, foisonnements incontrôlables, etc…

(Cf : *fr/wikicycla.org/biobulle*)

Les scientifiques, qui ne s'étaient que très peu manifestés jusqu'alors, ont immédiatement pointé du doigt le caractère sous-critique des biosphères artificielles : pas assez d'espèces en interaction, pas assez de diversité, absence de l'hypercomplexité qui assure la robustesse du système.

A l'heure où nous écrivons (février 2066) les biosphères artificielles sont toutes dans une situation critique et ne peuvent plus remplir leur fonction. Les colons sur Mars, Callisto, Ganymède et Europe en sont réduits à importer des denrées alimentaires depuis la Terre, mettant en péril l'équilibre économique entre les colonies et la planète mère, si chèrement souhaité par les colons qui veulent échapper au statut d'assistés.

4. Le renoncement au contrôle

Les deux exemples mentionnés plus haut, les cerveaux synthétiques et les biosphères artificielles, illustrent, parmi d'autres, la nécessaire prise en compte de la notion de systèmes trop complexes pour être analysés, trop subtils pour être prédits, trop robustes pour être contrôlés.

A l'utopie d'une science triomphante qui saura tout expliquer succède la prise de conscience d'un possible fonctionnement autonome de la matière, qui s'organise spontanément, et produit du signifiant, de l'inattendu, du nouveau, dès lors que ses constituants sont suffisamment nombreux, suffisamment différenciés, et que leurs interactions croisées sont suffisamment nombreuses. Sans l'aide de l'Homme ni d'aucun organisme intelligent autonome.

Depuis quelques décennies, l'Homme apprend qu'il doit renoncer à contrôler la nature, qui est intrinsèquement apte à lui échapper.

Il apprend aussi que de systèmes complexes peuvent émerger des aptitudes nouvelles, et qu'il est, lui-même, le produit d'un tel processus : sa conscience, son âme sont des propriétés émergentes, sécrétées par la complexité de son cerveau.

L'impact sur la métaphysique et la philosophie a été profond : Déjà, le choc de la découverte, en 2043, d'une autre espèce intelligente, les Esprits, a détrôné l'espèce humaine qui se croyait au pinacle de l'univers.

Depuis, le fait de devoir renoncer à l'utopie du transhumaniste et abandonner la quête du contrôle total, ont suscité des mouvements de pensée et des courants religieux nouveaux.

Récemment (début 2065), un mouvement généralisé a vu le jour, le Front Neohumaniste, qui demande la destruction des CyberCerveaux de 4ème Génération, au nom de la sauvegarde de l'espèce humaine désormais à la merci d'une espèce synthétique plus dangereuse encore que les Esprits.

Le lecteur consultera utilement les articles connexes :
fr/wikicycla.org/metaphysique
fr/wikicycla.org/front_neohumaniste
fr/wikicycla.org/esprits
fr/wikicycla.org/transhumanisme

Enlil et Ninlil

Mis à jour le 07/11/2075 par Leonardo/5821MED[CyBrain]

Les plutoïdes Enlil et Ninlil

En 2022 ont été découvertes deux nouvelles petites planètes, formant un système binaire en rotation serrée, qui s'approchaient du Soleil sur une orbite commune très allongée et très inclinée par rapport au plan orbital de la Terre.

Les astronomes les ont appelées Enlil et Ninlil, et ils ont pu déterminer les caractéristiques précises de leur trajectoire. Elle doit les amener, d'ici décembre 2076, depuis la zone externe du système solaire jusqu'à une distance de notre étoile voisine de celle de Jupiter. Ensuite elles s'éloigneront à nouveau jusqu'à plus de 340 fois la distance Terre-Soleil, pour ne revenir que dans 2500 ans environ.

L'intérêt des scientifiques fut considérable, mais une expédition, avec les moyens de l'époque, n'était pas envisageable.

Les progrès considérables accomplis par l'astronautique après la Guerre Globale ont toutefois permis en 2075 d'organiser l'expédition Nibiru vers Enlil et Ninlil.

Sommaire

1. Les plutoïdes

La planète Pluton, découverte par l'astronome américain Clyde Tombaugh en 1930, a tout d'abord été considérée comme la neuvième planète du Système Solaire. Elle avait toutefois un statut particulier, car son orbite est beaucoup plus allongée et plus inclinée que celles des autres planètes.
(Cf : *fr/wikicycla.org/pluton_astronomie*)
Mais dès la fin du siècle dernier, d'autres corps similaires ont été découverts. Le demi-grand axe de leurs orbites (la moitié de la distance entre leur point le plus proche du Soleil et le plus éloigné) est supérieur à celui de Neptune, avec une inclinaison qui peut dans certains cas être considérable.
Certains de ces astres sont de taille comparable à celle de Pluton, comme par exemple Eris (identifié en 2005), ou encore Bââl (en 2025). D'autres sont de taille moindre, mais sont nettement différenciés par rapport aux astéroïdes (comme c'est le cas de Hauméa, Makémaké, Sedna, Quaoar, Orcus, Ixion, etc…). Un grand nombre d'entre eux sont des objets doubles (c'est le cas de Pluton) ou même triples, ou des planétoïdes dont les satellites sont proportionnellement très gros.

Suite aux premières découvertes de ces gros corps transneptuniens, Pluton a été, en 2006, rétrogradé au rang de Planète Naine.
Les scientifiques ont identifié à ce jour des dizaines de telles Planètes Naines, dont certaines qui restent toujours dans le système solaire externe, et d'autres qui plongent plus près du Soleil à chacune de leurs rotations, parfois jusqu'à une distance plus proche que celle de Neptune (c'est le cas de Pluton, qui à son point le plus proche rentre dans l'orbite de Neptune, sans jamais risquer de collision, compte tenu de l'inclinaison de son orbite).
Les plus grosses de ces Planètes Naines transneptuniennes ont très tôt été nommées "plutoïdes"

(Cf : *fr/wikicycla.org/plutoide*)

2. Découverte d'Enlil et de Ninlil

Le 19 avril 2022, l'observatoire Halbwachs de la base Schiaparelli sur Mars, spécialisé dans le repérage d'astéroïdes nouveaux, identifie dans la constellation des Gémeaux un corps inconnu.

(Cf : *fr/wikicycla.org/observatoire_halbwachs*)

Celui-ci s'avère rapidement être un objet double évoluant sur une orbite elliptique très allongée qui l'amènera vers la fin décembre 2076 jusqu'à une distance au Soleil de seulement 5,83 UA (5,83 Unités Astronomiques, soit 5,83 fois la distance moyenne Terre-Soleil).

Cette distance minimale au Soleil, ou périhélie, n'est supérieure que de 10% environ à la distance moyenne de Jupiter au Soleil. Ceci signifie qu'à certains de ses précédents passages vers la partie centrale du Système Solaire, lorsque Jupiter se trouvait à ce moment-là du même côté du Soleil, l'orbite de la mystérieuse planète double a dû être substantiellement perturbée par le puissant champ gravitationnel de la planète géante. Ce ne sera toutefois pas le cas lors du passage de 2076, car elle ne s'approchera pas à moins de 4 UA de Jupiter, soit à peu près 80% de la distance de la géante gazeuse au Soleil.

L'orbite de la planète double est si étirée qu'elle met plus de 2500 ans à la parcourir, et elle s'éloigne du Soleil à 344,4 fois la distance moyenne de la Terre au Soleil.

Les deux composantes du système double se sont vus attribuer tout d'abord une dénomination provisoire, et ont été répertoriées sous les noms de 2022AT301 (pour le plus massive) et 2022AT302 (pour son compagnon).

Les astronomes de l'observatoire Halbwachs sont rapidement arrivés à la conclusion que les deux corps qu'ils ont découverts sont de tailles respectables, et leurs diamètres ont été évalués dans un premier temps à près de 1500 km pour le plus massif et 1000 km pour l'autre, ce qui en fait non pas un système planète/satellite, mais bien une planète double dont les deux composantes orbitent autour de leur centre de gravité commun, qui est dans ce cas situé en un point immatériel entre les deux corps.

Les mesures se sont poursuivies jusqu'à la Guerre Globale de 2029, pour ne reprendre qu'en 2034 avec l'ordre retrouvé, lorsque les observatoires ont été remis en service.

(Cf : *fr/wikicycla.org/guerre_globale*)

En 2041, la communauté scientifique leur attribue des noms définitifs. Ils sont baptisés d'après un couple de dieux du panthéon sumérien, Enlil et sa compagne Ninlil.

Leurs dénominations officielles deviennent (322133)Enlil, pour le plus massif des deux corps, et (322134)Ninlil pour le moins massif.

En 2063, une conférence internationale leur est consacrée à Séoul (ASIA).

Le Diamètre d'Enlil est de 1550 km, soit 45% de celui de la Lune et 12% de celui de la Terre, et la pesanteur sur sa surface ne représente que 3,6% de celle sur Terre. C'est donc un corps de taille conséquente, mais sur lequel les objets tombent toutefois beaucoup plus lentement que sur notre planète ou même que sur la Lune. Enlil tourne sur elle-même en 33 heures sur un axe quasi perpendiculaire à son orbite autour du centre de masses du système qu'elle constitue avec sa compagne. Enlil est dotée d'une atmosphère ténue composée de méthane, de gaz carbonique et de vapeur d'eau, que ne retient pas efficacement la faible pesanteur qui règne en surface, mais qui semble constamment réalimentée par un intense dégazage et des remontées du sous-sol. Il semble que la planète naine soit sujette à un volcanisme actif.

Ninlil est très différente. Sa masse ne représente que le tiers de celle d'Enlil, pour un diamètre de 955 km seulement. Sa densité est plus importante. Ninlil est gravitationnellement verrouillée sur Enlil, c'est-à-dire qu'elle tourne sur elle-même à la même vitesse exactement qu'elle tourne autour du centre de masses commun avec Enlil, ce qui fait qu'elle présente toujours à sa compagne la même face (de la même manière que notre Lune ne présente toujours que la même face à la Terre). Ninlil ne présente pas d'activité volcanique qui soit détectable pour le moment, et elle est dépourvue d'atmosphère.

Le comportement de ce couple de planètes naines n'a pas surpris les astronomes : les deux corps orbitent autour de leur centre de masses commun sur des trajectoires quasi-circulaires, et la distance qui les sépare n'est que de 23000 km, ce qui leur fait parcourir une révolution complète en seulement 366 heures, soit un peu plus de 15 jours. Ils interagissent donc fortement, provoquant des effets de marée, des déformations internes qui ont peu à peu ralenti leur rotation propre jusqu'à ce que le moins massif des deux corps, Ninlil, se verrouille gravitationnellement sur le plus massif, Enlil. Ce dernier, dont la rotation propre continue de ralentir, se déforme à chaque rotation sous l'effet de son compagnon, ce qui provoque un volcanisme intense et le dégazage à l'origine de son atmosphère.

Lors de la conférence de Séoul, les astronomes sont arrivés à la conclusion qu'Enlil, malgré sa petite taille par rapport à la Terre ou la Lune, présente une chimie favorable, ainsi qu'une température de surface, due à la dissipation thermique provoquée par les marées, propices à la colonisation.
Ninlil est par contre, de toute évidence, un corps mort et désolé, car sa rotation est verrouillée et sa trajectoire autour du centre de masse est quasi-circulaire : il n'y a par conséquent plus de fluctuation de l'attraction qu'Enlil exerce sur elle, et donc plus d'effets de marée et de déformations périodiques provoquant une intense dissipation thermique.

(Cf : *fr/wikicycla.org/1ere_conference_astronomique_seoul*)

3. L'expédition Nibiru

Lors de la conférence qui leur est consacrée à Paris, NATO, en 2063, il a été proposé une expédition internationale habitée vers Enlil et Ninlil, lors du passage du couple de planètes au plus près du Soleil (leur "périhélie").

La date optimale de lancement se situerait à l'automne 2075, et permettrait d'atteindre les deux planètes fin 2077 ou début 2078.

Compte tenu de la grande période (plus de 2500 ans) de l'orbite autour du Soleil, deux options ont été tout d'abord envisagées :

- soit une équipe d'Humains établit une base temporaire qui serait abandonnée avant que la distance au Soleil ne compromette un retour, c'est-à-dire avant que le système Enlil+Ninlil repasse l'orbite de Neptune, à une trentaine d'Unités Astronomiques du Soleil.

- Soit un CyberCerveau de Quatrième Génération (un CyBrain4G) prend place dans le vaisseau qui accostera Enlil, et sa conscience sera rapatriée par voie radioélectrique vers la Terre ou une de ses colonies lorsque sa mission sera achevée.

Selon la première de ces options, il faudrait prévoir un vaisseau de grande taille capable de transporter une équipe nombreuse, qui devra vivre en autarcie pendant une longue période : en effet, compte tenu d'un départ fin 2075, d'une arrivée à destination début 2078, et du maintien d'une base d'étude jusqu'à ce que les deux planètes se soient éloignées jusqu'à environ l'orbite de Neptune, le retour du vaisseau vers la zone centrale du Système Solaire ne se fera que vers 2096. Il s'agit donc, en comptant la durée du voyage retour (qui reste à

176

préciser) d'un voyage de plus de 30 ans, le plus long voyage interplanétaire jamais envisagé.

La seconde option, quant à elle, ne demande qu'un vaisseau rapide de dimensions et de puissance réduites, mais elle n'était pas, en 2063, envisageable avec les CyberCerveaux de Troisième Génération disponibles alors : Le degré d'autonomie décisionnelle de ces machines ne permettait pas à l'époque d'envisager de confier une telle entreprise à un CyberCerveau seul.

Il était donc nécessaire, à la date de la conférence de Paris de 2063, de reporter les décisions à une date ultérieure, lorsque d'une part les études intensives menées par les scientifiques auront permis de confirmer l'intérêt d'une expédition d'envergure, et que d'autre part la nouvelle génération de CyberCerveaux promise par les développeurs sera disponible.

(Cf : *fr/wikicycla.org/CyBrain4G*)

Les conférenciers se sont donc quittés sans avoir pu trancher. Ils ont toutefois décidé du nom de la future expédition : Elle s'appellera Nibiru, du nom d'une des divinités principales du panthéon sumérien.

Lors de la seconde conférence de Paris, en 2068, il était devenu évident que l'envoi vers Enlil et Ninlil d'un vaisseau léger habité par un CyberCerveau de Quatrième Génération mis récemment sur le marché était la meilleure option, qui simplifierait énormément les aspects logistiques, tout en réglant le problème de l'éventuel retour de la mission : En cas de besoin, si la situation réclame le retour du CyberCerveau, il ne sera pas nécessaire de faire revenir matériellement le vaisseau. Les puissants émetteurs à rayons X pourront rapatrier à tout instant la conscience du CyberCerveau, toute entière contenue dans les millions de TeraOctets résidants dans ses mémoires internes.

Après de longues tergiversations qui n'étaient pas étrangères aux très lourds investissements que le projet impliquait, la décision a été renvoyée vers le Conseil des Nations qui s'est ainsi réuni à Séoul (ASIA) le 6 novembre 2071, avec pour mission d'arriver à un accord et de décider de la marche à suivre.

Le 5 novembre 2075, l'expédition Nibiru quitte son orbite autour de Ganymède pour commencer le voyage qui l'amènera le 4 mars 78 jusqu'au système binaire Enlil-Ninlil.
Il est piloté par le Cybercerveau de Quatrième Génération Axon/ 83Y4OP8[CyBrain4G], rebaptisé Nibiru/83Y4OP8[CyBrain4G] pour la circonstance.

Géostat

Mis à jour le 23/04/2075 par Leonardo/5821MED[CyBrain]

Le Géostat

Le Géostat désigne un anneau artificiel mis en orbite autour du globe terrestre, qui l'entoure comme un immense cerceau positionné dans le plan de l'équateur, à 35 786 km au-dessus de la surface, soit distant du sol d'environ 5,6 fois le rayon terrestre.

Il est l'aboutissent de plusieurs tentatives plus ou moins heureuses visant à faciliter les voyages interplanétaires en en simplifiant ou supprimant la première phase, la plus difficile techniquement, la plus polluante, et souvent la plus gourmande en énergie : Le décollage et la traversée de l'atmosphère terrestre.

La construction du Géostat a débuté en septembre 2064 et il est devenu partiellement fonctionnel en février 2068. Son inauguration par les plus hautes instances du Conseil des Nations a eu lieu le 20 juillet 2069, à l'occasion du centenaire du premier pas d'un Humain sur la Lune.

Sommaire

1. Bref historique de la conquête spatiale
2. L'ascenseur spatial
3. Les stations Lagrange 4 et 5
4. Le Géostat

1. Bref historique de la conquête spatiale

L'histoire technique de la conquête de l'espace par l'espèce humaine est maintenant centenaire. Elle avait été imaginée, fantasmée, sous des formes diverses, depuis des millénaires, et avait servi, au Siècle des Lumières, de décor et de prétexte à des comptes philosophiques (Voyage Chimérique au Monde de la Lune, de l'évêque anglais Francis Godwin, Micromégas de Voltaire, Histoire Comique des États et Empires de la Lune, de Cyrano de Bergerac, etc...). Au XIXème siècle elle devient le sujet de romans d'anticipation comme De la Terre à la Lune de Jules Verne.

An XXème siècle, les premiers pionniers réfléchissent et expérimentent des moyens concrets. On citera par exemple le russe Constantin Tsiolkovski et l'américain Robert Goddard.

Le vol spatial réel a enfin été rendu possible par les progrès techniques réalisés par l'Allemagne durant la seconde guerre mondiale dans le domaine des fusées.

Les premières percées concrètes se sont alors faites dans un climat politique de rivalité entre l'Union Soviétique ou URSS (état maintenant disparu et dont les territoires sont aujourd'hui partagés entre ASIA et NATO) et les Etats-Unis d'Amérique ou USA (maintenant une partie de NATO), lors de la Guerre Froide.

Les étapes les plus marquantes en sont :

- 4 octobre 1957 :

Spoutnik, premier satellite artificiel (URSS)

- 12 avril 1961 :

Premier homme dans l'espace, Youri Gagarine sur Vostok 1 (URSS)

- 20 juillet 1969 :

Premier homme sur la Lune, Neil Armstrong sur Apollo 11 (USA)

Il s'en est suivi une série de missions sur la Lune et dans l'espace proche, ainsi que l'envoi de nombreuses sondes d'étude et d'exploration vers les autres planètes du Système Solaire, des astéroïdes et des comètes.

(Cf : *fr/wikicycla.org/seconde_guerre_mondiale*)
(Cf : *fr/wikicycla.org/URSS*)
(Cf : *fr/wikicycla.org/USA*)
(Cf : *fr/wikicycla.org/guerre_froide*)

La dissolution de l'URSS en décembre 1991, qui met fin à la Guerre Froide et à la rivalité entre USA et URSS, prive la conquête spatiale de son moteur le plus puissant, la rivalité entre les deux blocs. Le tarissement des financements qui s'ensuit ralentit les progrès dans le domaine spatial, qui passe dans une phase utilitaire, avec le lancement commercial de nombreux satellites de télécommunication et d'observation, à des fins civiles ou militaires.

Les missions scientifiques se concentrent sur l'étude des corps du système solaire, la mise en place de nombreux télescopes spatiaux (Hipparcos, Kepler, Hubble, etc...) et la création de navettes spatiales.

La Guerre Globale de 2029 a ensuite porté un coup d'arrêt à la conquête spatiale, qui a repris dès 2035 sur des bases nouvelles.

De nombreux projets ont été menés à bien depuis. Ils ont été motivés par :

- La nécessité de concilier la prise de conscience aiguë de la fragilité de la planète Terre, et le besoin vital de conquérir de

nouveaux lieux de vie permettant à l'espèce humaine d'assouvir son besoin atavique d'expansion
- La collecte de nouvelles ressources minérales
- La recherche scientifique

On citera ici brièvement quelques réalisations majeures :
- Les deux grandes stations Lagrange 4 et Lagrange 5 (voir plus bas)
- Les stations permanentes sur la Lune, Mars, Cérès, et sur 3 des 4 satellites galiléens de Jupiter : Europe, Ganymède et Callisto
- Le Géostat (voir plus bas)
- les nombreuses sondes d'exploration envoyées vers les planètes extérieures, Saturne, Uranus et Neptune, ainsi que vers les plus importants plutoïdes : Pluton et son satellite Charon, Eris, Makémaké…
- Les missions minières vers les astéroïdes métallifères : par exemple la tristement célèbre mission Clarke de 2058 vers Shiva

On renvoie ici le lecteur vers les articles de Wikicycla traitant plus spécifiquement de ces sujets :
(Cf : *fr/wikicycla.org/station_orbitale*)
(Cf : *fr/wikicycla.org/plutoïde*)
(Cf : *fr/wikicycla.org/mission_clarke*)

2. L'ascenseur spatial

L'envoi dans l'espace de véhicules et de charges utiles s'est heurté, depuis les débuts de la conquête spatiale, aux contraintes techniques du décollage et de la traversée de l'atmosphère terrestre, et de l'énergie considérable qu'il faut dépenser pour atteindre des vitesses nécessaires pour pouvoir quitter la zone où l'influence gravitationnelle de la Terre est la plus forte.

Dès avant l'ère spatiale proprement dite, des théoriciens et des visionnaires ont imaginé des moyens censés faciliter cette première phase d'un voyage au-delà de l'atmosphère.

L'ascenseur spatial a été imaginé dès 1895 par le russe Constantin Tsiolkovski, sous la forme d'une tour de 35 790 km de haut, qui permettrait d'amener par un ascenseur des charges jusqu'à l'orbite géostationnaire. Cette orbite, située dans le plan de l'équateur terrestre, est telle qu'un corps y gravitant fait le tour de la Terre en un jour exactement, et donc apparait comme un point fixe dans le ciel, vu du sol.

L'idée est reprise de multiples fois, sous forme non plus d'une tour mais d'un câble, sur lequel pourraient progresser des ascenseurs qui achemineraient des charges jusqu'à la position géostationnaire. Pour que le câble reste tendu, il est alors imaginé qu'il se prolonge au-delà de la position géostationnaire et qu'il soit lesté d'un contrepoids, afin que la force centrifuge puisse équilibrer le poids du câble.

Cette idée a été popularisée en 1978 par l'écrivain Arthur Clarke, dans son roman Les Fontaines du Paradis.

(Cf : *fr/wikicycla.org/orbite_géostationnaire*)

(Cf : *fr/wikicycla.org/arthur_clarke*)

Les calculs ont cependant montré qu'aucun matériau connu n'était suffisamment résistant pour pouvoir supporter la tension imposée par l'ascenseur spatial.

La découverte des nanotubes de carbone dans la seconde moitié du XXème siècle et leur utilisation industrielle massive à partir de 2036 a entretenu un temps l'espoir qu'ils pourraient, moyennant des progrès qui multiplieraient par un facteur 5 leur résistance à la traction, être utilisés pour confectionner le câble de l'ascenseur spatial. Mais les experts sont finalement arrivés à la conclusion que les nanotubes de carbone n'apporteraient, hélas, pas non plus la solution.

Plus tard, l'analyse du matériau qui constitue la coque de l'astéroïde artificiel 2043KP33 découvert en 2043 a redonné espoir aux partisans de l'ascenseur spatial. Les difficultés rencontrées dans les tentatives de synthèse de ce matériau encore peu connu, constitué essentiellement lui aussi de carbone, laissent cependant supposer que cette piste est elle aussi vaine.

L'ascenseur spatial est aujourd'hui considéré comme une option qu'il ne faut pas écarter, mais qui ne verra pas de réalisation immédiate.

3. <u>Les stations Lagrange 4 et 5</u>

Le Conseil des Nations a été le commanditaire, dès la période de croissance et de stabilisation politique qui a suivi la Guerre Globale, de la construction de deux grandes stations orbitales qui ont été baptisées Lagrange 4 et Lagrange 5.

L'effort technologique a été considérable, et c'est un bel exemple de coopération internationale qui a permis ce tour de force.

Les premiers éléments ont été envoyés à partir du sol terrestre, mais très vite, des usines de montage ont été installées directement en orbite, qui utilisaient des matières premières extraites d'astéroïdes, ce qui a permis d'énormes économies d'énergie.

Les deux stations sont situées à proximité des points d'équilibre de Lagrange, de part été d'autres de la Lune sur son orbite autour de la Terre, l'une en avance d'un angle de 60° (Lagrange 4), l'autre en retard de 60° (Lagrange 5). Ces points ont la particularité d'être théoriquement stables : un corps qui y est positionné n'a pas à dépenser d'énergie pour s'y maintenir. Dans la pratique toutefois, les deux stations orbitales sont décalées des points théoriques afin qu'elles restent dans le plan de rotation de la Terre autour du Soleil, et non pas celui de la trajectoire de la Lune qui est inclinée de 5° par rapport à ce plan. Des manoeuvres périodiques de recalage, peu gourmandes en énergie, sont donc indispensables pour maintenir les deux grandes stations en place.

Lagrange 4 et Lagrange 5 se présentent comme de grandes roues de dix kilomètres de diamètre qui pivotent d'un tour complet en six minutes, créant ainsi, par la force centrifuge, une pesanteur artificielle sur la périphérie de l'anneau, là où sont situées les installations humaines, les laboratoires, les entrepôts. Sur le moyeu de la roue, où la pesanteur reste nulle, sont regroupés les docks d'accostage, et tous les dispositifs devant fonctionner en apesanteur.

Dès les années 2040, Lagrange 4 s'est spécialisée dans les télécommunications et la liaison avec les colonies humaines distantes, tandis que Lagrange 5 est devenue le principal complexe d'étude en exobiologie et en biologie spatiale. C'est là que sont étudiés et manipulés les microorganismes, les plantes et les animaux destinés à la colonisation de nouveaux mondes.

4. Le Géostat

L'échec temporaire ou définitif de l'ascenseur spatial a contraint l'humanité à rechercher d'autres possibilités d'utiliser l'orbite géostationnaire comme étape et tremplin pour l'exploration spatiale.

Les expéditions vers les astéroïdes métalliques et carbonés qui gravitent entre Mars et Jupiter ont pu démontrer qu'il était beaucoup plus aisé, et plus économe en ressources matérielles et énergétiques, de prélever directement sur ces astéroïdes les matières premières indispensables à la construction de structures en orbite et de vaisseaux spatiaux, que de les hisser en orbite depuis le sol terrestre.

L'idée est alors née de remplacer tous les satellites qui parsèment l'orbite géostationnaire par un unique anneau, un gigantesque cerceau continu qui entoure la Terre.

Une telle structure permet l'économiser les nombreuses corrections de position indispensables au maintien, individuellement, de tous ces satellites en place. Elle sont effectuées en puisant dans leurs réserves de propellant, et deviennent impossible dès que ces dernières sont épuisées : le satellite se met alors à dériver et il faut le parquer dans une des "orbites poubelles" qui s'encombrent d'années en années d'engins déclassés.

L'idée d'un anneau unique, doté d'une certaine flexibilité qui lui permet de s'adapter aux déformations dues au faible effet de marée que lui impose la Lune, fait alors progressivement son chemin.

Le Conseil des Nations, sur la base des études préalables effectuées, de manière indépendante, par les experts d'ASIA, de NATO et d'UNAFRI, décide alors de la levée de fonds et de la réalisation de l'ouvrage.

Ce gigantesque chantier débute, en 2061, par la mise en orbites terrestres, à près de 36000 km au-dessus du sol, des premiers segments pré-montés dans les bases Lagrange 4 et Lagrange 5, à 385000 km de la Terre, à partir de matières premières extraites de trois astéroïdes mineurs. En même temps débute le "nettoyage" indispensable qui permet d'éviter la collision entre des satellites existants et les structures mises en place.

Le 17 octobre 2066 est réalisée la "connexion" : Un anneau continu, de 265000 km de circonférence, qui entoure la Terre, est maintenant suspendu au-dessus de l'équateur, 35784 km au-dessus du sol en moyenne.

De très longs segments, bien sûr, représentant près de 98% de la circonférence, ne sont encore matérialisés que par de minces poutrelles de fibres de carbone. Mais ces dernières s'avèrent suffisantes pour assurer la cohésion de l'ensemble, et empêcher la dérive des "nodes", les stations automatiques ou habitées de l'anneau, qui hébergent des centraux de télécommunication, des stations scientifiques, des télescopes, des entrepôts… et même des zones résidentielles.

Les corrections de position et d'inclinaison de l'anneau, minimes comparées à celles qu'il fallait assurer pour les milliers de satellites qu'il remplace, sont effectuées par les six nodes spécialisés situés tous les 60° de longitude.

Au fil des années, les 265000 km de circonférence de ce que très vite, les média ont appelé le "Géostat" vont se peupler de nouvelles structures, pour devenir le relais indispensable de la planète dans tous ses échanges avec ses colonies dispersées dans tout le Système Solaire.

(Cf : *fr/wikicycla.org/orbite_géostationnaire*)

(Cf : *fr/wikicycla.org/station_orbitale*)

Avec le développement rapide des extractions minières sur les astéroïdes, la collecte de glace et de matières carbonées, les échanges avec le sol terrestre, en termes de tonnages, se sont réduits considérablement, se limitant progressivement au transport de personnes et d'équipements scientifiques spécifiques.

Le Géostat, couplé aux deux grandes stations Lagrange 4 et 5, dix fois plus distantes du sol terrestre, constitue dès à présent l'infrastructure spatiale la plus importante et la plus utile du Système Solaire.

Néohumanisme

Mis à jour le 21/04/2066 par Leonardo/5821MED[CyBrain]

Le Néohumanisme

Le Néohumanisme, qui n'était à ses début qu'une des multiples conséquences indirectes du conflit apocalyptique de la Guerre Globale, et l'affirmation de l'unité indivisible de l'espèce humaine après les déchirements politiques, ethniques et religieux des décennies précédentes, s'est cristallisé, dès après la recréation des Esprits en 2044, sur l'antagonisme réel ou fantasmé entre l'espèce humaine et les quelques géniaux parareptiles ressuscités dans les laboratoires de la station orbitale Lagrange 5.
(Cf : *fr/wikicycla.org/guerre_globale*)

Ce mouvement de rejet par les néohumanistes a, de l'avis de tous les experts, fortement contribué à l'exil des Esprits vers le grand satellite de Saturne, Titan, en 2059.
(Cf : *fr/wikicycla.org/esprits*)

Le Front Néohumaniste, qui a ainsi, par la fuite spontanée du rival désigné, trouvé une légitimité a posteriori, a alors changé de cible. Les progrès substantiels obtenus dans le développement et la mise en oeuvre de prothèses bioniques et dans l'amélioration de l'espérance de vie, avaient nourri un temps l'utopie transhumaniste. Mais l'impossibilité de lire et de copier le cerveau humain, et le nécessaire renoncement à une forme d'immortalité de l'esprit qu'elle implique, a mis fin aux recherches sur l'hybridation de l'Homme et de la machine.

Conjointement, la mise en oeuvre, en 2064, des CyberCerveaux de Quatrième Génération, les premières "machines" vraiment douées de conscience, capables de penser comme des humains, d'imaginer, de créer, a désigné aux néohumanistes leur nouvel adversaire. (Cf : *fr/wikicycla.org/cybrain4G*)

Le mouvement s'est depuis rapidement amplifié et les néohumanistes représentent déjà, partout dans tous les centres habités du Système Solaire, un courant d'opinion et un groupe de pression dont le Conseil des Nations ne peut négliger l'influence.

Sommaire

1. La naissance du Néohumanisme
2. La dérive spéciste
3. L'échec du transhumanisme et le rejet des machines pensantes
4. Vers un nouveau racisme ?

1. La naissance du Néohumanisme

Le Néohumanisme est un mouvement de pensée qui a vu le jour, sous la forme d'un courant philosophique, vers 2035, au lendemain des douloureuses séquelles de la Guerre Globale qui se sont prolongées jusqu'en 2033.
Le catastrophique, dramatique mais salutaire effondrement de la démographie mondiale, les grands brassages ethniques de la reconstruction, et l'inévitable métissage global qu'ils ont causés ont estompé, dans les faits sinon dans les esprits, les disparités ancestrales entre les peuples, leurs croyances, leurs différences

physiques. La globalisation des moyens de transport et de télécommunication a fait le reste.

Les notions de supériorité raciale, ethnique, culturelle, sexuelle ou religieuse n'ont toutefois pas spontanément, immédiatement été reléguées au rang de croyances archaïques, mais le mouvement vers une unification de l'espèce humaine et l'affirmation de l'égalité de tous les individus s'intensifia toutefois rapidement.

Le texte fondateur du mouvement, intitulé "Vers une Humanité Nouvelle", publié en 2035 par la grande philosophe Ema Neitsab (connue sous le nom de Ema/56BM24N[Universitaire] après la promulgation du Personal ID l'année suivante) synthétisa et fédéra les idéaux professés par de nombreux penseurs, qui s'organisèrent alors dans un mouvement militant.

(Cf : *fr/wikicycla.org/ema_neitsab*)
(Cf : *fr/wikicycla.org/personal_ID_etendu*)

Dans les années qui suivirent, le Front Néohumaniste appuya et obtint des réformes marquantes dans le droit international. Le Conseil des Nations, par une série d'arrêtés promulgués jusqu'en 2040, non seulement légiféra sur l'égalité, de plein droit, de tous les humains, mais de surcroît pénalisa les écarts à cette règle.

Le mouvement, qui était arrivé à ses fins, s'essouffla alors. Ema/56BM24N[Universitaire] se retira et céda la présidence lors de la séance plénière du congrès de 2041.

En 2043, le vaisseau spatial Erendiz, en route pour Callisto, rencontra l'astéroïde 2043KP33, qui permit la découverte du génome d'une autre espèce intelligente, les Esprits, et leur recréation dans les laboratoires de la grande station spatial Lagrange 5 l'année suivante.

(Cf : *fr/wikicycla.org/erendiz*)
(Cf : *fr/wikicycla.org/asteroide_2043kp33*)

Très rapidement, en quelques années seulement, il apparu que les aptitudes cognitives exceptionnelles des Esprits étaient comparables, voire supérieures à celles des humains.

L'espèce humaine, qui ne connaissait jusqu'alors pas de rivale d'intelligence comparable, se vit confrontée à un défi majeur.

Et le Front Néohumaniste, dont la raison d'être était naguère le combat contre les inégalités au sein même de l'espèce humaine, et l'affirmation de son unicité et son homogénéité, se trouva face à un nouveau problème : le risque de voir l'espèce si chèrement défendue en tant que telle, une et indivisible, détrônée par une autre plus apte.

2. La dérive spéciste

L'humanité est restée extrêmement fragmentée et dispersée pendant sa préhistoire. Elle a ensuite connu, depuis moins de dix millénaires, le développement de l'agriculture et de l'élevage, qui a provoqué une explosion démographique, induisant un ensemble de phénomènes sociétaux majeurs : La fondation de villes, l'invention de la propriété foncière, la répartition des tâches dans le groupe humain, amenant inéluctablement une hiérarchie sociale.

Sans qu'ils puissent affirmer catégoriquement que l'avènement de l'agriculture en soit l'unique cause, les experts s'accordent sur le fait que l'explosion démographique et le changement de paradigme social ont créé les états, les frontières, les revendications territoriales, et les luttes des peuples pour la possession des ressources.

Les disparités morphologiques entre groupes humains rivaux ou simplement étrangers (stature, couleur de peau, pilosité, etc…) sont alors devenues, parallèlement aux facteurs culturels, les marqueurs de la différence et le prétexte à la ségrégation, la rivalité, la domination ou l'ostracisme.

Les affirmations dévalorisantes de la différence de l'autre, considéré comme nécessairement inférieur, que l'on a désignées sous le terme

imprécis de racisme, ont ainsi légitimé pendant de nombreux siècles les guerres et les colonisations.
(Cf : *fr/wikicycla.org/racisme*)

Les progrès de la connaissance et les brassages de population au niveau planétaire, aidés par la réduction de la population mondiale consécutive à la Guerre Globale, ont finalement eu raison, presque complètement, du racisme qui est devenu, de facto, un fait aberrant, une déviance grave.

Par ailleurs, l'attitude des humains vis-à-vis des autres espèces animales c'est elle aussi modifiée. La suppression des élevages intensifs d'animaux pour la production de viande, de cuir, de lait, de laine et leur remplacement par des usines dans lesquelles ces produits sont obtenus industriellement par croissance contrôlée de tissus "in vitro", a contribué à améliorer grandement la condition des animaux domestiques.

En 2048, le statut des chimpanzés et des bonobos, les plus proches parents biologiques des humains, a été reconnu et revalorisé et ils ont été classés avec les humains dans le genre Homo. Il leur a même été attribué un Personal ID, ce qui rend leur meurtre pénalement aussi grave que celui d'un humain.

La lutte contre le spécisme, qui est l'extension de la notion de racisme à la persécution d'autres espèces animales sensibles, chaudement menée par les défenseurs des animaux et les ligues végétariennes, s'est ainsi elle aussi progressivement essoufflée.

A partir de 2054 toutefois, les progrès fulgurants des jeunes Esprits éclos en 2044 et leur précocité ont réveillé les mouvances spécistes qui ont trouvé, dans la potentielle concurrence que les nouveaux venus pouvaient représenter pour les humains, un nouvel objet.

Le réveil des grandes peurs de voir l'humanité renoncer à son statut autoproclamé d'espèce intelligente dominante dans le Système Solaire a conduit, au fur et à mesure des prises de responsabilité des

Esprits dans le monde, à de virulentes campagnes de dénigrement et même à des exactions physiques.

Les troubles ont culminé en avril 2058, avant le départ des Esprits vers l'astéroïde Shiva dans le vaisseau Clarke. Des manifestations de fanatiques ont opposé des adorateurs des Esprits, qui prétendaient voir en eux des dieux reptiliens descendus sur Terre, et des opposants spécistes qui ont poussé d'autres fanatiques à les sacrifier.
(Cf : *fr/wikicycla.org/shiva*)

Les événements avaient exacerbé la haine des spécistes les plus extrémistes, issus de la branche la plus virulente du Front Néohumaniste, qui voyaient dans les Esprits une espèce rivale bien plus difficile à dominer que ne l'ont été, dans le passé, les animaux domestiques.

Le départ de tous les Esprits vers Shiva, puis leur piratage du vaisseau Clarke et leur établissement sur le satellite Titan ont donné raison aux spécistes, et les ont confirmés dans leur certitude d'une rivalité incontournable.
(Cf : *fr/wikicycla.org/CyBrain3G*)

3. L'échec du transhumanisme et le rejet des machines pensantes

Malgré les progrès indiscutables de la bionique industrielle, et la démocratisation d'un nombre toujours croissant de prothèses, d'implants intelligents, d'exosquelettes et d'aides diverses, les projets d'interfaçage direct du cerveau humain avec celui des machines, au niveau profond des processus cognitifs et mnémoniques, ont à ce jour tous abouti à des échecs complets.

Le rêve transhumaniste "faible" dans son acception la plus modeste, et qui visait l'avènement d'un "homme augmenté", a été réalisé peu à peu. L'amélioration des fonctions sensorielles a été notable : Aujourd'hui, non seulement les infirmités comme les troubles de la vision (myopie, astigmatisme, cécité ...) de l'ouïe et des autres sens sont couramment corrigés par des implants cornéens et/ou rétiniens pour les yeux, cochléaires pour les oreilles, mais de surcroît des individus sains ont recours à ces prothèses pour améliorer leurs performances.

De la même manière, des organes défectueux (coeur, reins, cordes vocales, etc...) sont très couramment remplacés par des homologues complètement synthétiques, dont la fiabilité a maintenant largement surpassé celle des organes d'origine.

Les progrès dans la nutrition, le traitement des maladies fonctionnelles, des traumatismes et la lutte contre les pathogènes a grandement accru l'espérance de vie des humains, mais a surtout permis de maintenir chez les individus âgés un bon niveau des facultés mentales et physiques.

Le rêve transhumaniste "fort", la recherche d'une forme d'immortalité obtenue par la science, est toutefois considéré aujourd'hui comme une utopie. L'inexorable vieillissement cellulaire, s'il peut être, dans une certaine mesure, ralenti, ne peut être stoppé et le remplacement des organes sénescents, qui peut s'effectuer pour de nombreuses parties du corps qu'on sait réparer, remplacer, améliorer, ne peut s'appliquer au cerveau qui finit par mourir sans que l'esprit qui l'habite ne puisse être recopié et transféré dans un autre encéphale.

Ce constat de l'inévitable mortalité de la conscience humaine signe l'échec du but ultime du transhumanisme, l'immortalité.

(Cf : *fr/wikicycla.org/transhumanisme*)

En 2064 sont réalisés les tous premiers CyberCerveaux de Quatrième Génération, dont les processeurs hypercomplexes présentent de réelles aptitudes émergentes, comme la conscience de soi, l'imagination, la capacité d'innover, les émotions.

(Cf : *fr/wikicycla.org/cybrain4G*)

Ils sont immédiatement perçus par la faction spéciste du Front Néohumaniste comme une espèce rivale à part entière. Ils considèrent les CyberCerveaux de Quatrième Génération comme bien plus dangereux encore pour l'espèce humaine maintenant unifiée que ne le sont les Esprits.

En effet, ces tous nouveaux CyBrains 4G, contrairement aux modèles précédents (et aux humains) sont capables de transférer leur "âme", leur esprit, leur intellect et leur mémoire, intégralement, d'une unité matérielle (hardware) vers une autre.

En d'autres termes, ils ne sont plus nécessairement tributaires du vieillissement du matériel qui les contient, et en ce sens, s'ils ne sont pas à l'abri d'un accident soudain qui détruirait leur hardware avant qu'ils n'aient le temps de se "déménager" ailleurs, ils n'en sont pas moins virtuellement immortels.

Le Front Néohumaniste a alors déclenché, début 2065, une campagne extrêmement virulente, réclamant le démantèlement immédiat des quelques CyberCerveaux déjà construits. Son slogan: "Refermons la Boîte de Pandore".

(Cf : *fr/wikicycla.org/boite_de_pandore*)

Le Conseil des Nations, qui a tout d'abord décidé d'ignorer le mouvement de protestation, s'est ensuite abrité derrière des motifs juridiques pour refuser : Ces nouveaux CyberCerveaux, qui passent brillamment le test de Turing, mais aussi toute une batterie d'évaluations des fonctions cognitives avancées, se sont vus attribuer un Personal ID et doivent être considérés comme des personnes. Les détruire équivaudrait à les assassiner.

(Cf *fr/wikicycla.org/test_de_turing*)

(Cf *fr/wikicycla.org/alan_turing*)

4. Vers un nouveau racisme ?

Certains observateurs accusent le Front Néohumaniste d'avoir trahit l'idéologie antiraciste et rassembleuse de ses origines, au profit d'une nouvelle forme de racisme à l'encontre d'abord d'une autre intelligence organique, les Esprits, puis d'une autre, plus virulente encore, contre les machines pensantes et conscientes créées par l'Homme.

Le mouvement, qui a, au lendemain de la Guerre Globale, combattu les discriminations au sein même de l'espèce humaine et milité pour l'égalité des droits et des devoirs de tous les humains, est devenu le principal groupe de pression conservateur d'envergure globale, capable d'influencer, par des opérations de lobbying et un activisme virulent sur les réseaux sociaux, les décisions même du Conseil des Nations.

Le Front Néohumaniste a suscité, par effet de réaction, l'apparition d'un courant opposé, qui a, dès son origine, été appuyé par les nostalgiques d'un transhumanisme "dur" : les Antispécistes.

Les Antispécistes considèrent que les CyberCerveaux de Quatrième Génération ne sont rien d'autre qu'une nouvelle espèce intelligente, dont l'avènement était inéluctablement inscrit dans la marche du monde, et que leurs créateurs humains doivent accepter comme un "peuple" nouveau avec lequel il n'y a d'autre choix qu'une cohabitation harmonieuse.

Les Antispécistes soutiennent une thèse spiritualiste et croient que l'esprit peut apparaître, partout dans l'Univers, en émergeant de certaines classes de systèmes hypercomplexes, qu'ils appellent "cerveaux" et dont les supports matériels ne sont pas obligatoirement basés sur des entités organiques à base de protéines et d'eau. En d'autres termes, pour les Antispécistes, les nouveaux CyberCerveaux sont, comme l'Homme, des émergences de l'esprit et aucune prétention de supériorité sur eux n'est légitime. Elle ne serait rien

d'autre qu'une nouvelle forme de racisme, et les néohumanistes ne seraient que les partisans d'un coupable repli identitaire.
(Cf : *fr/wikicycla.org/antispecisme*)
(Cf : *fr/wikicycla.org/hypercomplexite*)

A l'heure où nous rédigeons cet article (avril 2066) le Front Néohumaniste et le Mouvement Antispéciste s'emploient, à travers tous les moyens d'information et de propagande possibles, sur Terre, dans les stations orbitales et dans toutes les colonies, à rassembler des partisans pour infléchir les décisions du Conseil des Nations relatives au statut des CyberCerveaux 4G.

Ce livre a été imprimé par BoD-Books on Demand, Norderstedt, Allemagne

Dépôt légal : juin 2018